Die mysteriöse Omega-Zeit

Udo Lutz Burkhardt

Die mysteriöse Omega-Zeit

1. Auflage

Bibliografische Information der Deutschen Nationalbibliothek: Diese Bibliothek verzeichnet diese Publikation in der Deutschen Nationalbibliografie; detaillierte bibliografische Daten sind im Internet über dnb.dnb.de abrufbar.

© 2020 Udo Lutz Burkhardt

Herstellung und Verlag:
BoD – Books on Demand, Norderstedt

ISBN: 978-3-7504-9859-4

INHALTSVERZEICHNIS

Die mysteriöse Omega-Zeit

Ein Roman der die unterschiedlichen Erlebnisse und die Kulturzeit im Leben eines jungen Dekorateurs, durch einen Rückblick in die 70er Jahre, widerspiegelt. Der Leser wiederum liest es in seiner Zeit, seiner eigenen Kulturblase und kann somit die Entwicklung der Zeit des Romans, mit seiner eigenen Zeit in der er gerade lebt, vergleichen. Dieses Buch ist ein Mix aus Biografie, Fantasie, Geschichte und eine Zeitreise, nach dem Motto:

«Vielfalt statt Einfalt»

PROLOG

Frankfurt am Main 1974.

Daniel Lichtenstein war Reisedekorateur für einen Uhrenkonzern aus der Schweiz, der seinen Sitz in Frankfurt hatte. Unter den Top-Herstellern im Konzern waren die weltbekannte Marke Omega Tissot Lanco und die Creme de la Creme, die Luxusmarke AP (Audemars Piguet).

Für Daniel war das im Jahr 1974 ein Traumjob, auf den er richtig stolz war. Er konnte den mittleren Raum Deutschlands von Saarbrücken über Frankfurt bis nach Passau bereisen, aber auch andere Städte wie Seligenstadt, Hanau, Aschaffenburg, Würzburg, Nürnberg und Regensburg gehörten zu seinem Arbeitsgebiet. In diesen Städten gehörten die größten Juweliere und Uhrengeschäfte zu seinem Kundenstamm, die sich in den meisten Fällen im Zentrum der Stadt befanden und damit in den besten Lagen der Fußgängerzonen.

Im Laufe der Zeit lernte er seine Kunden und Geschäftsinhaber gut kennen und dadurch auch die Verkäufer und Verkäuferinnen. Durch jahrelangen Kundendienst genoss er bei allen ein großes Vertrauen, da es ja bei jedem Schaufenster immerhin um größere Summen ging. Jedes Fenster hatte, je nach Menge und Qualität der Uhren und Juwelen, einen Wert von ca. 100.000.- Deutsche Mark oder mehr im Fenster ausgestellt.

Dabei kam es auch manchmal vor, dass er ein Fenster wegen eines Einbruchs, nachdem die Polizei den Tatort freigegeben hatte, wieder in einen Topzustand dekorieren musste. Was ihn aber wirklich sehr beunruhigte war, dass es leider auch schon einen Raubmord in einem Omega Geschäft gegeben hatte. „Werden die Kriminellen jetzt immer brutaler?", ging es Daniel durch den Kopf, oder hatte es vielleicht irgendwie mit der Schweizer Firma zu tun, für die er arbeitete, die möglicherweise bedroht oder erpresst wurde? Es konnte doch bei einem Mord nicht nur um ein paar teure Uhren gehen, da steckte doch eine größere kriminelle Energie dahinter. Er versuchte sich diese bedrohlichen Fragen schnell aus seinem Kopf zu schlagen, denn der überwiegende Teil seiner Arbeit war in freundlicher Atmosphäre, und er selbst hatte noch nie einen Überfall erleben müssen. Seine Aufmerksamkeit war immer auf seine nächste Dekoration gerichtet und sein Motto war: „Was du heute kannst besorgen, das verschiebe nicht auf Morgen."

Das Besondere an diesem Roman ist jedoch, dass die Romanfigur Daniel Lichtenstein dann im Alter von über 70 Jahren auf die Zeit beim Uhrenkonzern aus den 1970er Jahren zurückblickt und beschreibt, wie sich sein Leben in den ca. 50 Jahren danach verändert hat. Das industrielle Zeitalter wurde durch eine gewaltige Revolution erneuert, die sich nach dem Millennium mit aller Macht ausgedehnt hatte. Das digitale Zeitalter hatte damals richtig begonnen. Ein winziger Zeitsprung für unseren Planet, aber ein großer, gravierender Zeitsprung für uns Menschen und damit für die ganze Welt. Die Digitalisierung würde Dinge möglich machen, die man vor wenigen Jahren noch für unmöglich gehalten hatte. Eine Veränderung, die Daniel in einer so kleinen Zeitspanne mit Besorgnis beobachtete, und die er selbst für eine Gefahr für unseren Planeten hielt. Science Fiction Filme aus dem Jahr 1970 würden nach dem Jahr 2020 nicht nur bestätigt werden, sondern übertroffen. Durch das Internet, welches nun jedem Menschen weltweit offen stand, würden nationalistischen Populisten und Falschmeldungen Tür und Tor geöffnet. Eine Flut neuer

Computer, digitaler und elektronischer Geräte würden das bisherige Leben der Menschen komplett verändern. Aber dazu kommen wir gegen Ende des Buches.

Kapitel 1

Daniel freute sich auf seinen wohlverdienten Feierabend. Er kam gerade aus der kleinen Stadt Aschaffenburg zurück, in der er am Nachmittag eine schöne Dekoration bei dem angesehenen Juwelier Goldbach ausgeführt hatte. Er betrachtete das Polaroidfoto von seiner heutigen Arbeit und war zufrieden. Jede seiner ausgeführten Dekorationen wurde begleitet von einem Bericht mit Tag und Datum, einem Foto der ausgeführten Dekoration und einer Spesenabrechnung. Alle diese Daten wurden jede Woche beim Uhrenkonzern im Frankfurter Ortsteil Bad Soden eingereicht. Da war er sehr akribisch, denn es diente ihm als Nachweis für seine geleistete Arbeit, und es erfüllte ihn mit Stolz, für so eine weltbekannte Firma zu arbeiten.

Heute Abend freute er sich auf seine Freundin Marietta, die in einer Diskothek als Zweitjob aushilfsweise hinter der Bar arbeitete. Er wollte sie gegen Mitternacht, wenn ihre Schicht beendet war, abholen und mit ihr noch irgendwo einen Drink nehmen, wie sie es schon öfter gemacht hatten. Marietta war ein schlankes, attraktives Mädchen mit goldblondem gelocktem Haar, die immer gut drauf war und den Schalk im Nacken hatte. Wenn sie lachte, und das tat sie oft, dann zeigten sich in ihrer oberen Zahnreihe zwei Zähne, die sich leicht verschoben hatten – eine Besonderheit die sie auszeichnete, jedoch ihrer Attraktivität keinen Abbruch machte. Im Gegenteil es macht sie eher einmalig. Daniel mochte besonders ihre ungezwungene Art und ihr offenes und freundliches Wesen. Sie war immer gut drauf und ihre manchmal grobe, direkte Art, kam gut an bei den Besuchern in der Diskothek „Balihu" in Offenbach am Main. Sie war zwar kein Topmodel, eher eine herbe Schönheit, aber bei Daniel kam es auf die inneren Werte an. Sie war trotzdem kein Mauerblümchen. Nein, sie war eher eine charmante sportliche Schönheit mit Esprit. So sah er Marietta bis dahin, und für ihn kam es bei einer Frau mehr auf einen festen Charakter und Ehrlichkeit an.

Kurz vor 24 Uhr stand er mit seinem Wagen vor der Diskothek und wartete auf Marietta, die ihre Aushilfsarbeit nun beendet hatte und sich hoffentlich auf einen schönen Feierabend mit ihm freute. Es war schon viertel nach Zwölf, als sie in Begleitung eines jungen Mannes vor dem Eingang die Treppen der Diskothek herunter kam. Dieser südländisch gutaussehende Typ trug einen dunklen Anzug und hatte eine typisch italienische Frisur mit glänzenden schwarzen Locken. „Was macht der aufpolierte Gockel bei meiner Freundin?", schoss es Daniel durch den Kopf. Diese Hochglanz-Frisuren, mit denen sie die Frauen beeindrucken wollten, waren ihm schon immer ein Dorn im Auge. Sie schaute kurz herüber, lächelte ihn an und winkte Daniel zu. Er lächelte freudig zurück und wollte gerade die Tür seines Wagens öffnen, als sein Lächeln erstarrte, denn sie ging schnurstracks an seinem Wagen vorbei, Hand in Hand freundlich plaudernd mit dem italienischen Gockel und stieg in den Wagen des Südländers. Daniel saß wie erstarrt hinter seinem Lenkrad, und bevor er aussteigen konnte um mit ihr zu reden, waren sie auch schon auf und davon gefahren. „Was war das denn?", dachte Daniel und versuchte Ordnung in seine Gedanken zu bringen. Sie hatte ihn doch gesehen und angelacht, oder nicht? Sie wusste doch, dass er sie heute abholen würde, oder nicht? War das ein makabres Spiel, um ihn eifersüchtig zu machen? Sie kannte doch seinen Wagen, und der war weiß Gott nicht zu übersehen, ein Citroen DS 21 Pallas in Weiß, man nannte diesen Wagen auch „Die Göttin" unter den

Autos. Dieser DS 21 Pallas von Citroen vereinte ein neues avantgardistisches Design mit großen technischen Innovationen, die eine Sensation auf dem Automarkt waren. Sie wurden zum ersten mal in der PKW-Geschichte als Serienfahrzeug mit einem hydraulischen System für Federung Bremsen und Lenkung ausgestattet. Die stromlinienförmige Karosserie ermöglichte dank sehr guter Aerodynamik fantastische Leistungs- und Verbrauchswerte. So ein Fahrzeug konnte man einfach nicht übersehen.

Wollte sie ihm eine Lektion erteilen, oder nur ihre Unabhängigkeit demonstrieren, dass sie mit jedem ausgehen konnte, mit dem sie wollte? Er hatte angenommen, es gäbe keine Probleme in ihrer Beziehung. Konnte er sich so täuschen? Wenn sie mit ihm auf diese Weise Schluss machen wollte, dann war das echt brutal und grenzte an seelische Grausamkeit! „Oder hatte sie mich doch nicht richtig gesehen?", versuchte der innere Zweifler es zu rechtfertigen und ihm wieder Mut zu machen. „Aber nein", sagte der analytische Verstand, „sie hatte dich direkt gesehen und hätte sich nach dir umschauen können, denn du standest ja direkt vor dem Eingang der Diskothek." Außerdem hatte er sie vorher angerufen, damit sie wusste, dass sie abgeholt werden würde. Es schien eindeutig zu sein, sie wollte ihre Beziehung mit ihm beenden. Das war ein Tiefschlag für Daniels Selbstbewusstsein, und das musste ein Mann erst einmal wegstecken. Daniel fuhr nach Hause ging in sein Musikzimmer und nahm seine Gitarre in die Hand. Immer wenn er emotional freudig oder traurig war, nahm er seine Gitarre und spielte ein paar Lieder aus seiner Jugend. Es war wie Balsam für seine Seele. Er erinnerte sich an seinen Erholungsurlaub auf der Insel Sylt, wo man ihn als Kind mit dem Zug hingeschickt hatte. Dort hatten die Betreuerinnen eine weiße Akustik Gitarre, mit der er für andere Kinder und sich selbst Lieder sang, wenn sie alle Heimweh hatten. Sein Lieblingslied war damals „Jeder Weg, jede Straße" original von Earl Grant in Englisch und die Strophen in Deutsch gehen so:

„Jeder Traum hat ein Ende, und Schatten folgt dem Licht.
Jeder Tag geht zur neige und nur unsere Liebe nicht.
Denn sie kam wie ein Märchen und drang ins Herz hinein
Und sie scheint wie ein Wunder unendlich zu sein.
Jeder Weg, jede Straße hat irgendwo sein Ziel.
Jeder Fluss strebt dem Meer zu und endet dort sein Ziel.
Doch die Liebe, die du gibst, ist schöner als ein Traum.
Denn sie lebt bis ans Ende von Zeit und Raum."

Diese Strophe wurde wiederholt.

Auch jetzt, nach diesem Tiefschlag, war es für ihn wie eine wohltuende Seelenmassage, die seinen inneren Schmerz zu lindern schien. Doch dann nahm er plötzlich den Kugelschreiber in die Hand und schrieb ein paar Zeilen über seine momentanen Gefühle auf. Sein eigener Titel hieß „Ein Mann zu sein, das ist nicht leicht" und die erste Strophe begann so:

„Wenn man früh von zuhause weggehen muss, sei es im Guten oder im Verdruss und aufgewachsen bist du nicht im Reichtum,
dann kommt die Frage, wie weiter nun, wie weiter nun.
Und das Leben gibt dir einen ersten Stoß dann geht für dich das kämpfen los, und du fühlst, ein Mann zu sein das ist nicht leicht"

2. Strophe

„Wenn du auf deiner Freundin Liebe gebaut
und ihr wirklich hast vertraut
doch sie zeigt dir plötzlich ein anderes Gesicht,

dass du glaubst sie ist es nicht, sie ist es nicht
wenn du das Mädchen wirklich geliebt
und sie dir dann den Laufpass gibt,
Dann fühlst du, ein Mann zu sein, das ist nicht leicht"
3. Strophe
„Wenn du im Beruf und im Leben dich plagst
und nur etwas vor den anderen hervorragst,
wenn du schuftest, um dein Ziel zu erreichen
doch irgendjemand stellt anders die Weichen,
und du protestierst dagegen vergebens,
weil es ein Teil war, ein Teil deines Lebens,
dann fühlst du, ein Mann zu sein, das ist nicht leicht"

Dieses Lied, aus der Situation geboren, nahm er dann einige Jahre später in einem Tonstudio in Weiterstadt professionell auf. Sein Ziel war es, neben seiner Tätigkeit als Dekorateur sich ein weiteres Standbein zu schaffen und in den 80er Jahren eine LP aufzunehmen.

Am nächsten Tag hatte er sich ein wenig von diesem Schock erholt, und sein Entschluss stand fest. Er würde heute Morgen bei ihr vorbeischauen und den Schlüssel von seinem Apartment zurückverlangen, um die Trennung zu besiegeln. Ohne großes Aufsehen und ohne eine Szene zu machen. Seine Gefühle liefen Achterbahn, und seine Enttäuschung über das Mädchen, in das er so verliebt war, war groß, und es hatte den bitteren Geschmack des betrogen worden zu sein.

Daniel ließ seinen Wagen zuhause stehen und fuhr mit dem Bus nach Mühlheim am Main, wo Marietta mit ihren Eltern wohnte. Er wollte nicht, dass sie seinen Wagen schon von weitem sehen konnte, sich eine Ausrede zurecht legte, und dann vielleicht ihm irgendwelche Geschichten erzählen würde. Nein, auf diese Weise konnte er sie überraschen und zu Fuß bis zu ihrer Haustür gehen. Der Bus hielt nur 150 Meter von Mariettas Wohnung, und Daniel wurde es etwas flau im Magen. Vor dem Haus angekommen hielt er inne und ließ sich noch mal alles durch den Kopf gehen. Ja, es war die richtige Entscheidung, und er klingelte entschlossen im ersten Stock bei Mariettas Eltern. Der Türöffner summte, Daniel drückte die Tür auf und ging die Stufen in den ersten Stock. Zu seiner Überraschung öffnete Marietta die Tür und fragte überrascht: „Daniel, was machst du denn hier?" Er antwortet mit etwas heiserer, spröder Stimme und ohne eine Miene zu verziehen: „Ich möchte meinen Wohnungsschlüssel abholen." Marietta drehte sich abrupt herum und kam wenige Sekunden später zurück und knallte Daniel den Schlüssel in die Hand. „Was soll das, was ist denn los mit dir?" Daniel mit kratzender Stimme: „Das fragst du noch, nach deinem Auftritt gestern Abend? Das war gemein und widerlich, und das war es dann für uns beide. Ich wünsch dir noch ein schönes Leben, machs gut!" Beide drehten sich beleidigt herum, sie schlug die Tür zu, und Daniel rannte die Treppe hinunter. Nur schnell weg von hier und dieser beschissenen Situation. Als er zur Bushaltestelle lief, war er erleichtert, aber auch traurig und einfach nur innerlich aufgewühlt. Die Gefühle fuhren wieder Achterbahn, und er wollte nur schnell weg. Er schaute auf den Fahrplan, und der nächste Bus kam erst in wenigen Minuten. Nachdem er nun einige Minuten Zeit hatte, ging ihm die Situation noch einmal wie in Zeitlupe durch den Kopf. Seine Hände zittern ein wenig und die wenigen Minuten, bis der Bus kam, kamen ihm wie Stunden vor. Er wollte einfach nur schnell weg von diesem Ort, und endlich sah er den ersehnten Bus kommen. Aber plötzlich sah er auch Marietta, wie sie auf die Bushaltestelle zugerannt kam, und auf einmal waren der Bus und Marietta zur gleichen Zeit an der Haltestelle. Marietta außer Atem. „Was war das eben mit dem Schlüssel?", schrie sie ihn an. Daniel trocken: „Das weißt du ganz genau, denk mal darüber nach, wir waren verabredet gestern Nacht, schon vergessen? Doch du lässt mich einfach vor dem Balihu stehen und verschwindest mit diesem italienischen Gockel. So etwas macht man nur einmal mit mir!" Er stieg in den Bus und schaute zurück. Marietta rief ihm noch zu: „Das war doch nur ein flüchtiger Bekannter und nichts ernstes!" Daniel rief zurück: „Und deswegen musstest du mich ignorieren? Tut mir leid, so etwas macht man mit mir nicht, es ist aus zwischen uns!" Das waren seine letzten Worte, bevor der Bus sich in Bewegung setzte. Als er nochmal zurück schaute, bemerkte er die Tränen in ihren Augen, dann hielt sie die Hände vor ihr Gesicht und lief in Richtung ihrer Wohnung davon. Da meldete sich plötzlich wieder der Zweifel in seinem Kopf. Was hatte er gemacht? War es womöglich doch ein Missverständnis? Hatte er vielleicht doch etwas falsch verstanden? Nein, sagte der Realist in seinem Kopf, sie hat dich genau gesehen und ist lächelnd an dir vorübergegangen, sie hat dich angelacht, dich einfach sitzen gelassen und ist mit dem anderen davon gefahren. Wenn das ein Spiel war, um ihn eifersüchtig zu machen, dann war es ein Scheiß-Spiel, was nach hinten losgegangen war und welches er nicht mitspielen würde. Seine Gedanken sprangen hin und her, vom Zweifler in seinem Kopf wieder zurück zum Realist.

Im Apartment angekommen stellte er erst einmal den Wasserkessel auf um sich eine Tasse Tee zu machen – eine Angewohnheit von seinen Englandreisen. Dazu nahm er den typischen Beutel Westminster Earl Grey, übergoss ihn mit kochendem Wasser und ließ ihn zwei Minuten ziehen. Danach nahm er den Beutel heraus, fügte einen Teelöffel braunen Zucker hinzu und gab einen kleinen Schuss kalte Milch hinein. Fertig war sein Tee mit der richtigen Temperatur. Dieses kleine Ritual ließ ihn die vergangene Aufregung etwas nüchterner sehen und er versuchte sich und seine Gefühle zu beruhigen. Er schaute sich in seinem Wohnzimmer um, in das er so viel Arbeit gesteckt hatte, um es auf den neuesten Stand der Technik und dem aktuellen Modegeschmack zu bringen. Da war die orangefarbene Couch der weiße Schleiflack Tisch, ein weisses Bücherregal und ein weißer Fernseher. Dieser stand auf einem weißen, trapezförmigen Ständer an der Wand neben dem Fenster. Die Wände hatte Daniel mit einer modernen Blumen-Tapete tapeziert, die mit orangefarbenen großen Blüten, weißen Rändern und zart grünen Blättern bedruckt war. Doch an diesem Tag sah er seine Wohnung zum ersten mal mit anderen Augen. Irgendwie erschien ihm alles trist und Grau. Vor ein paar Tagen hatte er hier noch mit Marietta gesessen und einen vergnügten Abend verbracht. Doch jetzt starrten ihn seine schönen Möbel still an, als wollten sie sagen: „Und jetzt, Daniel?" Alles kam ihm auf einmal so leer und fremd vor, die Wärme und Heiterkeit in der Wohnung waren verflogen. „Ich muss mich ablenken, sonst dreh ich noch durch", dachte er und schlürfte seinen Tee. Dabei fiel ihm sein Schulfreund Peter ein und er dachte, den ruf ich jetzt einfach mal an, damit ich mich etwas ablenken kann. Schon steckte sein Finger in der Wählscheibe und drehte die einzelnen Zahlen der Nummer seines Freundes nacheinander im Uhrzeigersinn ab, und einen Moment später: „Hallo Peter, schön das du zuhause bist, sonst hätte ich dich heute nicht mehr erreichen können. Was machst du denn heute Abend?" Peter: „Ich wollte nachher noch ins Cafe am Büsingpark und mal sehen, ob ich ein paar Mädels aufreißen kann." Daniel mit spröder Stimme: „Das trifft sich gut, da bin ich dabei. Wann wollen wir uns dort treffen?" Peter erstaunt: „Ich dachte, du bist mit Marietta zusammen?" Daniel: „Hat sich erledigt, ich habe heute Schluss gemacht. Ich erzähl dir nachher alles, bis später." Er war erleichtert, diese willkommene Abwechslung kam gerade zur rechten Zeit. Er zog sich seine neue Hose mit dem breiten Aufschlag an, die saß oben herum recht eng und am Unterschenkel so weit wie Omas Lampenschirm. Dazu zog er sein eng anliegendes Hemd mit den Spitzen langen Kragen an und schaute in den Spiegel. „Du findest eine andere, du bist ein geiler Typ!", rief er sich selbst zu. Frisch rasiert und die Beatles-Frisur durchgekämmt, wollte er sich selbst Mut machen. Er nahm noch ein paar Spritzer von seinem Tabac Aftershave und machte sich auf den Weg. Die Ablenkung würde ihm sicher gut tun.

Sein Freund Peter war ein Autonarr, er liebte schnelle ausländische Sportwagen und hatte gerade ein ausgefallenes englisches Sunbeam Cabriolet gekauft, obwohl er es sich eigentlich nicht leisten konnte. Er wohnte noch bei seinen Eltern in einer Hochhaussiedlung und verbrauchte all sein schwer verdientes Geld für ausgefallene Sportwagen. Damit kam er nun über die Berliner Straße zum Cafe am Büsingpark gefahren. Sein Erscheinen machte den gewünschten Eindruck, und die meisten hatten diesen Typ Wagen noch nie gesehen. Das Cafe hatte riesige Fenster bis auf den Boden und alle Besucher hatten einen guten Blick auf den Park, die Straße, aber auch auf den Parkplatz vor dem Cafe. Ideal, um seinen Sunbeam zu präsentieren. Im Cafe war wie immer viel los, und ein paar hübsche Mädels waren auch da. Peter, obwohl nur 165 Zentimeter groß, war kein Kind von Traurigkeit und ging immer direkt auf sein Ziel los. An einem Tisch saßen zwei Mädchen um die

18/19 Jahre alt, und der Tisch nebenan war noch frei. Ideal, um direkt ein Gespräch anzufangen, und schon hatte er den Tisch in Beschlag genommen. Peter bestellte Irish Coffee und Daniel einen Bienenstich mit einem Kännchen Tee und heißer Milch. Peter lehnte sich über den Tisch zu Daniel und flüsterte leise: „Apropos Bienenstich, die beiden Bienen würde ich auch gerne mal stechen." Dann beugte er sich hinüber zum Nachbartisch und sagte freundlich: „Hallo ihr Zwei, ich heiße Peter und ich wollte fragen, ob ich euch auf einem Kaffee einladen darf." Die beiden Mädchen hatten schon vorher herüber geschaut und lächelnd miteinander getuschelt. Sie nahmen die Einladung an, und Daniel stellte sich ihnen mit seinem Namen vor, und so konnte man sich locker kennenlernen. Für Daniel war es eine willkommene Abwechslung, und er fragte nach ihrer beiden Namen. Die eine mit der Mireille-Mathieu-Friseur hieß Beate, und Peter ließ nichts anbrennen und machte mit ihr eine Verabredung für den nächsten Tag aus. Die andere war eine Hellblonde und sah aus wie die Schlagersängerin Gitte, doch ihr Name war Marion. Rein Äußerlich war das genau, was Daniel eigentlich an einer jungen Frau liebte, aber es kam ihm genau so viel auf die inneren Werte an. Also, ob sie ähnliche Gedanken, Hobbys und Ansichten hinsichtlich Demokratie und Religion hatte, denn er war ein starker Verfechter demokratischer Grundregeln wie z.B. Freiheit, Gleichheit, Brüderlichkeit, verbunden mit Meinungsfreiheit, Pressefreiheit und Menschenwürde. All das, was in seiner alten Heimat Thüringen die Menschen nicht hatten. Als Kind war er mit seinen Eltern und Brüdern aus der DDR geflüchtet, und die Eltern hatten ihm die Gründe immer wieder genau erklärt. Denn er war damals noch ein Kind und konnte nicht verstehen, warum er nicht mehr zu seiner gewohnte Uferstraße an der Elster zurückkehren konnte. Der Grund war die Enteignung des väterlichen Betriebes. Wenn sich sein Vater damals widersetzt hätte, wären langjährige Haftstrafen die Folge gewesen. Das hatte sich in sein Gedächtnis so stark eingebrannt, dass er mit Menschen, die anders dachten, nicht auf Dauer zusammenleben wollte. Also musste er Marion erst einmal kennenlernen und dann würde man sehen, ob es eine Liaison mit ihr geben könnte. Peter war nun schon eine ganze Weile am flirten mit „Mireille Mathieu" und Daniel versuchte sein Glück, indem er Marion Fragen stellte, um sie näher kennenzulernen. Der erste Eindruck nach vorsichtigem Abtasten war recht gut, und Daniel konnte sich vorstellen sie noch einmal zu treffen. Auch Marion hatte ihm einige Fragen gestellt und schien ihn attraktiv zu finden, denn ihr Interesse an seinem Beruf und seiner Lebenseinstellung war mit jeder Minute gestiegen. Das war eine gute Grundlage, um sich am Wochenende noch einmal zu treffen, und damit stand auch bei Daniel eine Verabredung fest.

Am Samstag Morgen gegen 9.30 Uhr, stand Daniel auf der Mainpromenade in der Nähe vom rostrotem Schloss von Offenbach, in dem eine Kunsthochschule untergebracht war, und wartete auf Marion. Sein Blick ging auch hinüber nach Fechenheim, wo er als Dekorateur vor einigen Jahren noch Hauswände mit Reklame für Binding Bier bemalt hatte. Nach wenigen Minuten hörte er das typische Geräusch des luftgekühlten Viertakters eines Volkswagens und schaute sich um: Es war Marion in ihrem roten VW Käfer. Marion saß am Steuer und parkte geschickt ihren Wagen zwischen zwei anderen Autos an der Uferpromenade. Selbst ein Fahrlehrer hätte es nicht besser machen können, in einem Rutsch ohne auch nur einmal nach zu justieren. Nach einer kurzen Begrüßung machte ihr Daniel ein Kompliment, denn er kannte die Schwierigkeiten beim rückwärts Einparken genau. Marion erzählte ihm, dass ihr Vater auf dem Opel-Testgelände in Dudenhofen arbeitete und sie oft die Möglichkeit hatte, dort vor ihrer Führerscheinprüfung ein paar Runden zu drehen und das Einparken zu üben. Deshalb hätte sie auch beim ersten Mal ihre Führerscheinprüfung ohne Fehler bestanden. Das machte einen ordentlich Eindruck auf Daniel, und die hübsche Blondine war in seinem Ansehen enorm gestiegen. „Eine tolle Frau", dachte er. Es könnte mit etwas Glück zu einer dauerhaften neuen Partnerschaft kommen. Sie begaben sich auf einen langen Spaziergang am Mainufer entlang und unterhielten sich über Gott und die Welt. Sie wollte Genaueres über seine Arbeit als Schaufenstergestalter wissen, und in welchen Städten er noch seine Dekorationen durchführte. Daniel gab ihr bereitwillig Auskunft und erklärte ihr sein Aufgabengebiet. „Ich fahre den größten Teil Mitteldeutschlands ab, von Trier über Wiesbaden, Mainz, Frankfurt, Offenbach, Hanau, Aschaffenburg, Würzburg, Nürnberg, Regensburg, Deggendorf bis nach Hof und Passau. Neuerdings gäbe es auch eine Möglichkeit mit einem Visum über die Transitstrecke bis nach Westberlin zu fahren." Bei diesem Gespräch lernte er ihre unterschiedlichen Ansichten über Religion und Politik kennen, und bei Daniel kam langsam leiser Zweifel auf, ob es zu einer längeren Beziehung reichen würde, denn Marion war eine vom katholischen Glauben überzeugte Frau, die auch Mitglied der politischen Partei der CDU (Christlich Demokratische Union) war und sehr konservative Ansichten hatte. Wie weit konnte er sich diesen Werten anschließen? Denn er war ein überzeugter SPD Mann (Sozialdemokratische Partei Deutschlands) die älteste Partei Deutschlands, die 1863 in Leipzig gegründet wurde. Und noch dazu war er erst kürzlich aus der evangelischen Kirche ausgetreten, also ein ziemlich großer Gegensatz zu ihren Einstellungen. Er war eher dem Buddhismus zugetan, eine Lehre der Gewaltlosigkeit und der Liebe allen Lebewesen gegenüber. Das erschien ihm von seiner inneren Überzeugung her das Beste für die Menschheit und den Weltfrieden zu sein. Die Christliche Kirche mit ihren Missionaren, die zum größten Teil andere Völker mit Gewalt zum Christentum überredet hatten und vor Mord und Totschlag im Namen Christi nicht zurückgeschreckt hatte, diese Kirche konnte er nicht ernsthaft vertreten. Der Buddhismus hingegen war eine Lehre über die Vier edlen Wahrheiten, die eigentlich selbstverständlich sein sollten:

Die Erste Wahrheit ist, dass das Leben von Leid, also von der Geburt bis zum Tod geprägt sei.

Die Zweite Wahrheit ist, dass das Leid durch Gier, Hass und Verblendung verursacht wird.

Die Dritte Wahrheit ist, dass zukünftiges Leid nur durch die Vermeidung der Ursachen der zweiten Wahrheit erreicht werden kann.

Die Vierte Wahrheit ist, dass das Mittel zur Vermeidung von Leid und damit die Entstehung von Glücklich- und Zufriedenheit, in der Übung des Achtfachen Pfades zu finden sei.

Diese Pfade bestehen aus der richtigen Erkenntnis, rechtem Handeln, rechter Rede, rechter Absicht, rechtem Lebensweg, rechter Übung, rechter Achtsamkeit und Meditation. Selbstverständlich ist mit „rechtem und rechter" keinerlei rechtsradikales Gedankengut gemeint, sondern die Leidvermeidung der Vier edlen Wahrheiten. Aus Daniels Sicht konnte man es auch als gesunden Menschenverstand bezeichnen. Aber wie würde es mit den tief verwurzelten konservativen Ansichten von Marion zusammenpassen? Er wollte auf keinen Fall ein vorschnelles Urteil fällen, denn das widersprach seinen liberalen Ansichten. Er fühlte sich wie in einem riesigen Widerspruch gefangen, einem Dilemma, welches ihn emotional belastete. Wie konnte es bei dieser schönen, technisch begabten und selbstbewussten Frau, zu einem solchem inneren Konflikt kommen? Er wollte auf keinen Fall diese neue Bekanntschaft in Gefahr bringen, aber er wollte auch auf keinen Fall seine tiefen Überzeugungen aufgeben. Es kam ihm vor, als säße er zwischen zwei Stühlen. Also nahm er sich vor, erst einmal auf Gespräche zu bauen und dann zu versuchen, im Dialog einen gemeinsamen Nenner zu finden.

Am nächsten Morgen machte sich Daniel früh auf den Weg zu einem neuen Uhrenfachgeschäft, und dank seiner Straßenkarte fand er seinen neuen Kunden in der Innenstadt von Aschaffenburg sehr schnell. Ein modernes Uhren- und Schmuckgeschäft in einer ausgezeichneten Lage auf der Hauptstrasse, in der noch andere hochwertige Geschäfte wie z.B. Mode, Parfum, Schuhgeschäfte, Cafes und Restaurants vorhanden waren. Der Besitzer begrüßte ihn freundlich und überließ ihm seine attraktive Verkäuferin Maria, die wunderschöne dunkle Augen hatte, und die Daniel bei allen Besuchen und bei der Uhrenauswahl stets zur Seite stand. Manchmal schaute sie ihn argwöhnisch an und Daniel konnte sich keinen Reim daraus machen. War es Bewunderung oder Misstrauen? Sie hatte Feuer in ihren Augen, und wenn sie ihm das Tablett mit den Uhren brachte, schaute sie immer ernst. Aber ihre Ausstrahlung war faszinierend. Die Dekoration in so einem luxuriösen Geschäft beruhte auf absolutem Vertrauen, da es sich immerhin um einen großen Warenwert handelte. Nach kurzer Begrüßung überreichte Maria ihm ein mit Samt überzogenes Tablett mit den neuesten Uhren von Omega, Tissot, Lanco und AP. Daniel warf einen Blick auf die wunderschönen Modelle und nahm eine Stoppuhr von Omega heraus. Es war eine großartige Armbanduhr, und auf dem Zifferblatt, unter dem Omega Zeichen, stand in eleganter Schreibschrift „Speedmaster Professional". „Wow, das ist schon eine sportlich elegante Uhr", dachte er bei sich. Vor ein paar Jahren, also 1968 schon, machte diese Uhr Furore, als alle Astronauten der Apollo-8-Mission dieses Modell zum Mondflug am Arm trugen. Wahrscheinlich der erste Chronograph außerhalb der Atmosphäre unseres Planeten. „Schon beeindruckend", dachte Daniel, „was so ein kleiner Zeitmesser für Schlagzeilen in unserer heutigen Welt machen kann." Aber sie sah auch sehr schön aus mit ihren drei weißen Kreisen innerhalb des schwarzen Zifferblattes, die mit weißen Zeigern besetzt waren. Eine beeindruckende Stoppuhr. Er zog sofort seine weißen, fein gewebten Baumwoll-Handschuhe an, damit er auf den Uhren keinen Fingerabdruck oder Kratzer hinterlassen würde. Das machte natürlich Eindruck auf Maria, und Daniel sah ein wenig aus wie ein Magier, der das Schaufenster verzauberte. Kein Staubkörnchen, kein Fussel und kein Fingerabdruck durfte die Dekoration stören, denn das Fenster war mit vielen kleinen modernen Halogenstrahlern der neuesten Modellreihe bestückt, und da würde jede kleine Verschmutzung sofort auffallen. Wenn doch mal ein kleiner Fleck war, hauchte er das Zifferblatt an und wischte mit einem feinen Wildleder Lappen darüber. Für hartnäckige Flecken hatte er seine eigene, geheime Rezeptur mit Fensterreinigungsmittel und einem Schuss „Agua de Colonia" dabei, denn nach der Reinigung roch es danach auch noch angenehm wie in einer Parfümerie. Das waren die richtigen Zutaten, die ein guter Dekorateur mit sich führen musste, davon war er überzeugt. Der original „Moonwatch Chronograph" wurde noch mit der Hand aufgezogen und war unglaublich genau in der Zeitangabe. Daniel nahm nun das neue Modell in die Hand, die „Speedmaster". Dieses Model war mit automatischem Aufzug versehen und in einer leicht veränderten Form. Sie war etwas schwerer und auch ein paar Millimeter dicker als das Vorgängermodell. Dieses Modell hatte es nicht zum Mond geschafft, aus dem einfachen Grund, weil die Erdanziehungskraft dort fehlte. Das Pendel innerhalb der Uhr funktionierte nur in Verbindung mit der Schwerkraft, um sich aufziehen zu können. Denn es war dieses winzige Gewicht des Pendels in der Uhr, welches sich bei jeder Bewegung wieder in Richtung Erdzentrum bewegte, und damit die Uhr immer wieder aufzog. An was die Ingenieure und Uhrmacher damals alles denken mussten, bei so einem komplizierten Modell, dachte Daniel. Bis ins kleinste Detail musste alles berechnet werden und die vielen Rädchen mussten Haargenau zusammenpassen. Da war er doch mit seiner Schaufenstergestaltung etwas leichter dran. Die neue Dekoration bestand aus einem alten Zweimast Segelboot, ein Modell, wie es sicherlich Kolumbus auf seiner Reise nach Südamerika benutzt hatte. Sollte dieses wasserdichte Modell einen Bezug auf die „Santa Maria" von Kolumbus herstellen, mit der er wie ein „Seamaster". (Meister der See) Amerika entdeckte? Die Manager bei Omega mussten sich immer wieder etwas Neues einfallen lassen, um die Menschen zum Kauf einer neuen Uhr zu animieren. Das wurde geschickt über die Massenmedien wie die Illustrierten Stern, Bunte, Quick oder Sport mit großen Anzeigen gemacht. Die Dekorationselemente in den Anzeigen der Illustrierten wurden in den Schaufenstern der Juweliere eins zu eins wiedergegeben, und der

Wiedererkennungswert hatte viel mit den Verkaufserfolgen zu tun.

Daniel hing seinen Gedanken nach. Die Seeleute in der Zeit von Kolumbus hätten sich sicher über so einen wasserdichten Zeitmesser gefreut, auch um ihre Navigation präziser zu dokumentieren.

Doch plötzlich wurde er aus seinen Gedanken gerissen, jemand klopfte von außen an sein Fenster. Ein Polizist rief laut: „Hallo, Sie da, haben Sie den Wagen gesehen, der diesen VW angefahren hat?" Daniel schaute ungläubig auf die Straße. Da stand in Sichtweite des Fensters ein VW Käfer mit eingedrückter Seite. Daniel liess die Dekoration liegen und ging auf die Straße. Er berichtete dem Polizisten, dass er leider nicht viel gesehen hatte, weil er ständig mit dem Rücken zur Straße stand, um seine Dekoration auszuführen, und die dicke Sicherheitsscheibe nur wenig Lärm durchdringen ließ. Der Polizist nahm den Unfall auf und fragte, wem das Auto denn gehörte. Es stellte sich heraus, es war das Auto von Maria, die hier im Uhrenladen beschäftigt war. Als sie den Schaden an ihrem Wagen sah, war sie perplex und etwas wütend. „Welcher Idiot fährt hier in mein Auto, wo doch nur 30 km/h erlaubt sind, und wir in einer Fußgängerzone sind?" Wie konnte das also in einer verkehrsberuhigten Zone passieren, in der nur 30 Stundenkilometer erlaubt waren und nur Anlieger oder Zulieferer eine Zufahrtserlaubnis hatten? Der Polizist sagte ihm noch, dass es ein roter VW Käfer gewesen sein soll und der Fahrer Fahrerflucht begangen habe. Leider konnte niemand das Kennzeichen erkennen. Lediglich ein Passant war der Meinung, es handelte sich um ein Kennzeichen aus Offenbach (OF auch bekannt als „Ohne Führerschein") witzeln auch die Frankfurter immer wieder. Das Fahrzeug wäre direkt auf den Wagen zugefahren, als ob er diesen bewusst rammen wollte. Die attraktive Verkäuferin Maria hatte den Unfall durch die Scheibe gesehen und war immer noch blass im Gesicht. Ihre Reaktion war verstörend, als hätte sie den Teufel in Person gesehen, oder als ob sie den Verursacher des Unfalls erkannt hätte, sich aber nicht sicher sei.

Daniel beendete seine Dekoration und machte von der Straßenseite noch ein Polaroidfoto von seiner Arbeit. Maria folgte ihm auf die Straße und betrachtete den Schaden an ihrem Auto. Polaroid Fotos waren wirklich eine kleine Sensation zu seiner Zeit, und es dauerte nur wenige Minuten, in denen sich das Bild in der Hand entwickelte. Die ehemalige US-amerikanische Firma war durch das Wort „Polaroid" weltweit zum Begriff für Sofortbildkameras geworden. Es war schon eine tolle Sache, wenn sich das Foto in deiner Hand langsam entwickelte. Maria bat ihn, auch ein schnelles Foto vom Unfallschaden zu machen, damit sie einen Beweis für ihre Versicherung hatte.

Daniel packte sein Werkzeug zusammen und fügte das Polaroidfoto zu seinem Rechenschaftsbericht hinzu. Jede Dekoration musste mit einem Bericht, den Spesen und einem Foto belegt und wöchentlich abgegeben werden. Einmal im Jahr wurden alle Dekorateure in Basel zur Uhrenmesse eingeladen und dabei wurden die neuesten Modelle vorgestellt. Omega war ein weltweiter Begriff geworden und wurde bei den größten Sportveranstaltungen, wie auch bei den Olympischen Spielen, oft benutzt. In den letzten Jahren wollten aber auch andere Uhrenhersteller ein Stück vom Kuchen abhaben und versuchten Omega vom Spitzenplatz zu verdrängen.

Kapitel 2

Es herrschte große Betriebsamkeit im Schweizer Uhrenkonzern, denn die Firma plante eine europaweite neue Werbekampagne für ihre Uhren. Westdeutschland, also die Bundesrepublik, war eines der wichtigsten Verkaufsländer in Europa. Auch in „Westberlin" sollte die Kampagne veröffentlicht und auch dort Geschäfte dekoriert werden. Westberlin war aber immer noch eine Insel in der sowjetisch besetzten Zone Ostdeutschlands. Seit dem Ende des Zweiten Weltkrieges hatte Russland diesen Teil Deutschlands besetzt gehalten und gegen den demokratischen Westen abgeschottet. Die sogenannte DDR (Deutsche Demokratische Republik) die weder demokratisch noch eine Republik war, ließ ihre Bürger erschießen, wenn sie versuchten aus diesem Unrechtsstaat zu flüchten. Da war es auf einmal wieder – das Schreckgespenst, das bei Daniel lange vergessene Erinnerungen wieder aufkommen ließ. Damals, vor 20 Jahren, war er mit seiner ganzen Familie aus diesem Teil Deutschlands über Berlin geflüchtet und hatte noch die Erinnerungen von verschiedenen Flüchtlingslagern im Kopf. Kein „Normalbürger" in der DDR durfte in westliche Länder reisen und die freiheitliche Gesellschaft kennenlernen, nur die kommunistischen „Bruderländer" durften besucht werden, und auch nur mit Genehmigung der Regierung. Wenige Parteitreue der einzigen „Einheitspartei" und des Politbüros durften den Westen besuchen. Die hatten aber sowieso die größten Privilegien in der DDR, wie zum Beispiel in der Siedlung Wandlitz. Mitten im Wald abgeschirmt und bewacht lebten die Mitglieder des Politbüros mit ihren Familien in dieser Waldsiedlung im Norden von Berlin in Saus und Braus. Die Parteibonzen lebten heimlich im Überfluss, und dem

Normalbürger fehlte es an allem. Er musste für Südfrüchte (wenn es überhaupt welche gab) lange anstehen und teuer bezahlen. Wenn man einen Trabant, oft auch "Rennpappe" oder "Trabbi" genannt, oder einen Kühlschrank kaufen wollte, musste man bis zu 10 Jahre warten. Eine Misswirtschaft auf Kosten der Arbeiterklasse. Dabei nannten sie sich „Arbeiter und Bauernstaat" – was für ein Hohn. Daniels Gedanken gingen zurück in seine alte Heimat Thüringen und es machte ihn sehr traurig, dass dort immer noch jeden Tag die Ungerechtigkeit und Diktatur herrschte. Was für ein Privileg war es für ihn, in einer freien demokratischen Gesellschaft aufzuwachsen, reisen zu können wohin man wollte, sagen zu können was man dachte, auch über Politiker und andere Staaten – was immer man wollte. Natürlich war bei der Meinungsfreiheit ein gewisser Anstand und Selbstbeherrschung angebracht, denn Meinungsfreiheit endet dort wo Schimpfwörter und Beleidigungen anfangen.

Er hatte das Privileg, viele verschiedene Länder besuchen können wie z.B. die Schweiz, Italien, Spanien, Frankreich, England, Belgien und Holland. Sogar auf den Malediven im indischen Ozean hatte er Urlaub machen können. Eine Inselwelt mit 2000 tropischen Inseln, von denen nur 200 bewohnt waren. Es war ein unvergesslicher Urlaub für ihn, weil es dort eine durchschnittliche Tagestemperatur von 30 Grad gab, und jeden Tag pünktlich gegen 18 Uhr ein Regenschauer kam, der die Inseln in ein blühendes Paradies verwandelte. Goldene Sandstände mit wunderschönen Kokospalmen, bezaubernde Blumen mit einer unvergleichlichen Blütenpracht, tropische Früchte und frischer Fisch. Dazu kamen freundliche Menschen und unvergessliche Sonnenuntergänge. Das war für ihn das Paradies auf Erden.

„He, Lichtenstei, wach auf!", wurde er plötzlich aus seinen Träumen gerissen. Sein Chefdekorateur Dr. Weissblech, ein schlanker großgewachsener Mann mit blondem Dreitagebart, klopfte ihm auf die Schulter und brachte ihn in die Wirklichkeit zurück. In seinem weißen Kittel kam er ihm immer wie ein Arzt aus einem Krankenhaus vor. „Sorry, Dr. Weissblech, ich war in Gedanken, was gibt´s?" Weißblech schaute ihn an und sagte mit leiser Stimme: „Wir haben uns entschlossen, dich mit unserem Firmenwagen nach Berlin zu schicken, um dort die neue bundesweite Kampagne zu dekorieren, ist doch ok für dich, oder?" Daniel verdutzt: „Ja, aber da braucht man doch ein Visum und eine Genehmigung, um durch die Besatzungszone der Russen zu fahren?" Stammelte er und war nicht gerade erfreut, denn er wusste von den willkürlichen Schikanen der Vopos. (Volkspolizei der DDR) Doch Weissblech sagte ganz locker: „Unsere Schweizer Kollegen haben schon ein Visum für dich beantragt" „Ja, ja, alles schön und gut, aber Sie wissen doch wie die da drüben sind. Die verhaften auch Unschuldige wegen jeder Kleinigkeit, wegen angeblicher Spionage oder jedem kleinsten Fehler, den man im Arbeiter- und Bauernstaat macht. Die suchen ja geradezu an der Grenze nach irgendeinem Fehler, um dich zu verhaften. Die Bundesrepublik Deutschland wird dann zur Kasse gebeten und muss diese Leute dann wieder freikaufen. Ich hab keine Lust auf Knast in Ostdeutschland, zumal meine Familie damals „Republikflucht" begangen hat. Und das war und ist immer noch strafbar bei denen da drüben. Die erschießen immer noch ihre eigenen Bürger bei jedem Fluchtversuch. Nein danke, soll doch ein Schweizer Dekorateur hinfahren." Die Schweiz war damals und ist auch heute noch ein neutrales Land und hatte einen guten Ruf in der ganzen Welt. Weissblech schaut über den Rand seiner Lesebrille: „Mein Gott Lichtenstein, machen Sie sich nicht ins Hemd. Sie fahren für eine weltweit bekannte Marke mit einem Firmenwagen aus der Schweiz nach Westberlin. Die Schweiz ist ein neutraler Staat, da wollen die von der DDR doch keinen politischen Skandal vom Zaun brechen, oder?" Doch da waren sie wieder, die schrecklichen Erinnerungen aus seiner Kindheit, er hatte sie schon fast vergessen, da war ja immer noch dieser kommunistische Unrechtsstaat, seine alte Heimat, die ganz in der Nähe war, mit einer schrecklichen Grenze und Selbstschussanlage zu Westdeutschland, aus der er mit seiner Familie geflohen war. Über die Jahre hatte er fast vergessen, dass es in diesem Land ein diktatorisches System und Politiker gab, die einfach Menschen von ihrem Hab und Gut enteigneten, ihnen Freiheitsliebe, freie Meinung und Gerechtigkeitssinn absprachen und falls sie es doch wagten, wurden sie einfach in ein Gefängnis gesperrt.

„Aber hatte sich das vielleicht doch über die vielen Jahre geändert?", fragte sich Daniel. Das dürfte doch in der heutigen modernen Zeit, den goldenen 70er Jahren, nicht mehr existieren oder? Die Bundesregierung unter Willy Brandt hatte doch gerade im vergangenen Jahr einen Grundlagenvertrag zwischen der Bundesrepublik Deutschland und der Deutschen Demokratischen Republik abgeschlossen. Zusammen mit den Verträgen von Moskau, Warschau und Prag bis 1973 und dem Viermächteabkommen über Berlin von 1971 war der Grundlagenvertrag Teil der Entspannungspolitik, mit denen die Bundesregierung die Normalisierung der Beziehungen zur DDR anstrebte. Also, was sollte da schief laufen, wenn er nach Berlin fuhr um seine Arbeit zu machen? Daniel willigte ein und sein Visum war rechtzeitig zu seiner Abreise bereit. Sein Firmenwagen, ein neuer Opel Rekord Kombi in strahlendem Hellblau, war mit allen Dekorationsstücken für die Reise gepackt, und es ging los in Richtung DDR Grenze. Auf Westdeutscher Seite gab es keine Probleme. Die Autobahn war neu asphaltiert und die Leitplanken waren aus galvanisiertem Stahlblech für die Sicherheit der Autofahrer, und es gab genügend Raststätten zum Tanken mit Beleuchtung, die Tag und Nacht offen hatten. Doch an der Grenze zur DDR begann ein Alptraum. Alle Papiere wurden akribisch gelesen und geprüft, und ein anderer Vopo (Volkspolizist) hatte einen Spiegel an einer Stange befestigt und schaute damit unter den Wagen, als wäre man ein gesuchter Schwerverbrecher. Es kam Daniel so fremd und lächerlich vor, Ostdeutsche Grenzbeamte untersuchten Westdeutsche Bürger, nach was wollten sie da suchen? Sprengstoff unter seinem Auto? Oder Kapitalistische Zeitschriften, die gegen den sozialistischen Bruderstaat berichtete? Einfach lächerlich! Dann wurde er im schroffen Militär-Ton und im breitesten Sächsischen aufgefordert, den Laderaum zu öffnen. Er musste alle Dekorationsstücke ausladen, und die wurden mit seiner Liste verglichen. Danach konnte er alles wieder einladen und wurde noch einmal ermahnt: „Auf unsrer Autobahn sind nur hundert Stundenkilometer erlaubt, und bis Berlin dürfen Sie unsere Autobahn nicht verlassen. Die Abfahrt und Ankunftszeit wird protokolliert." Jetzt wusste Daniel wieder, warum er nach der Flucht schnell seinen Dialekt abgelegt hatte und nur noch Hochdeutsch sprach. Damals hatte man ihn als Kind wegen seines Ostdeutschen Dialekts gehänselt. Wenn er diesen nun hörte, wusste er auch warum. „Warum darf man die Autobahn nicht verlassen?", fragte er den Grenzpolizisten. Der antwortete mit breitem Dialekt: „Nuh gans efach mei Gudster, weil Se sisch noch

34

unsorn Gesetzn rischten müssn." (Übersetzung: „Nun ganz einfach mein Lieber, weil Sie sich nach unseren Gesetzen richten müssen.") Diese grobe feindselige Art mit einem Landsmann zu sprechen, konnte er nicht verstehen, sie waren doch beide Deutsche. Er musste gezwungenermaßen alles wegstecken, und damit fing die Unterwerfung, die für alle Menschen drüben galt, schon an. So unterdrückt man alle Bürger, dachte er. Mit diesem Gefühl machte er sich auf den Weg nach Berlin. Ein paar Meter weiter musste er sich erst einmal die Augen reiben, was war denn hier los? Schock lass nach, das soll eine Autobahn sein? Diese sogenannte „Autobahn" bestand nicht aus Asphalt oder Teer wie im Westen. Nein, es waren lange Betonplatten aus Hitlers Zeiten, die nach einigen Metern mit einer Dehnungsfuge aus Holz versehen waren. Die Fahrt hörte sich an wie in einem Zug, „tack tack, tack tack, tack tack, tack tack", und zwischen den Fugen hatten sich mit der Zeit Unkraut und Wiesenblumen angesiedelt und das mitten auf der Autobahn. Das gab ein schönes schleifendes Geräusch am Unterboden des Wagens und es war gleichzeitig eine Unterbodenreinigung.

„Hallo bin ich im falschen Film gelandet?" Es schien Daniel, als wäre die Zeit um einige Jahrzehnte zurückgedreht worden. Es gab keine Leitplanken und zu seinem Entsetzen auch keine in der Mitte. Man konnte also, wenn man wollte, mitten auf der Autobahn hinüber auf die entgegenkommende Fahrbahnseite wechseln und wenden. Die Fahrt zog sich wie Kaugummi in die Länge, weil man manchmal nur 60 km/h, dann mal wieder 100 km/h oder 80 km/h fahren durfte.

Das durfte doch nicht wahr sein, das war ja wie im Mittelalter, dachte Daniel, und langsam nervte ihn die Fahrt, und er wollte eine Pause einlegen. An einer Raststät-

te anhalten zählte ja wohl nicht als Verlassen der Autobahn, oder? „Doch, es zählt als Verlassen der Autobahn",
sagte ihm seine vernünftige innere Stimme. Egal, bei der
nächsten Raststätte bog er ab und parkte weit vor der
Gaststätte, damit man sein Auto nicht gleich von weitem
sehen konnte, sonst wäre er ja gleich aufgefallen. Während
er noch im Auto saß übte er noch einmal laut seinen alten
Dialekt, damit er nicht gleich als Wessi auffallen würde.
„Guuden Daach, ei verbibscht is´s hees heide. Wos gibt´sn
heid scheens zu futtern." (Auf Hochdeutsch: „Guten Tag,
mein Gott ist es heiß heute. Was gibt es heut Schönes zu
Essen?") Ja, es ging noch gut mit etwas Übung. Hauptsache, er fiel nicht gleich auf, dachte er, und ging in Richtung
Gaststätte. Während er auf den Rastplatz zuging wieder-
holte er den Dialekt laut vor sich hin, doch er kam sich
dabei ziemlich dusselig vor. Aber besser sich anpassen als
auffallen, dachte er. Er betrat die alte Gaststube und war
schon wieder sehr erstaunt. Auch hier war die Zeit einmal
vor mindestens 30 Jahren stehen geblieben. Es sah aus wie
aus einem Film der 1930/40 er Jahre. Alte rustikale dun-
kelbraune Bauernmöbel mit gedrechselten Holzfüßen und
alte knarrende Holzdielen. Da hörte man auch sofort,
wenn einer den Schankraum betrat. Er ging ganz locker an
den Tresen und sagte zum Wirt auf Sächsisch: „Guuden
Daach, kamer hier ooch noch a bissel was zu fuddern krie-
schen?" (Auf Hochdeutsch: „Guten Tag, kann man hier
auch noch etwas zu Essen bekommen?") Der Wirt muster-
te Daniel von Kopf bis Fuß und sagte grinsend in breitem
Dialekt: „Nu glar, hier gibt's von nor Butterbemme bis
zum Sauerbrooden mit grienen Glösen un alles, wades
wohl im Westen nüscht jibt, wa?" (Auf Hochdeutsch:
„Selbstverständlich, hier gibt es vom Butterbrot bis zum
Sauerbraten mit grünen Klößen alles, was es wohl nicht im

Westen gibt, oder?") Daniel: „Wie gommsten druf das isch ausm Westen bin, sach mol?" (Auf Hochdeutsch: „Wie kommen Du darauf, dass ich aus dem Westen bin, sag mal?") Wirt: „Nu, zuerscht kenn isch die Visasch nisch un unserener hat so ne dufte Levi's Jeans nisch, un och nisch sonen modischen Fummel wie du ne hast." (Auf Hochdeutsch: „Nun, zuerst einmal kenne ich dein Gesicht nicht, und bei uns hat keiner so eine schöne Levi's Jeans, geschweige denn so eine modische Lederjacke.") (Daniels neue Lederjacke von Neckermann) Daniel schaute ihm ins Gesicht und sagte: „Ok ich bin aufgeflogen, aber ich bin hier im Osten geboren und als Kind in den Westen abgehauen, wollte nur was essen und dann weiter nach Berlin, ist das ein Problem?" Plötzlich Stille im Gastraum und die wenigen Gäste schauten herüber. Dann trat aus dem Schatten einer Ecke am Fenster ein hagerer Mann. Er war mittelgroß, hatte einen stechenden Blick und eine dünne lange Nase. Seine schmalen Lippen paßten zu seinen unangenehmen Gesichtszügen. Er rief rüber zum Wirt: „Der ins´n Republikflüchtling, der hat unsern Arbeiter- und Bauernstaat verraten un is von der Transitstrecke abgefahren. Der ist bestimmt en West Spion!", kam es vom Fenster auf der anderen Seite der Gaststube. „Haben die Wände hier Ohren?" fragte Daniel. Der Wirt beugte sich langsam vor und flüsterte: „Der ins´n Stasi-Spitzel un meldet jeden Falschfahrer uf unsrer Transitstrecke, verstehste?" Daniel fragte leise mit besorgter Stimme zurück: „Was ist mit dem Stasi-Spitzel, was kann der melden und was für Probleme kann der mir machen?" Der Wirt sagte dann sehr laut in den Gastraum, damit es jeder hören konnte: „Mach dir keene Sorsche. Mir kennen alle unsre Pappenheimer und wer hier bei mir im Gasthaus is den verpfeifen wir nisch, nisch wahr Adolf?" Und zum Mann mit dem Namen Adolf (passend für einen Nazi) am anderen Ende der Gaststube rief er dann noch mal lauter rüber: „Ist doch so, nüsch wahr, Adolf, nüscht wad aus meener Bude gommt wird jemeldet, klar?" Der Stasi-Mann brummelte etwas unwirsch in seinen Bart und drehte den beiden dann den Rücken zu. Aus der Küche kam ein Duft von längst vergessenen heimatlichen Speisen, und Daniel bestellte Sauerbraten mit grünen Klößen und brauner Bratensoße. Dabei schwelgte er in Erinnerungen an längst vergangene kulinarische Genüssen aus seiner Heimat Thüringen. Zwei Ostmark und Achtzig Pfennige, und ein Bier inklusive, was für ein unglaublicher Preis. Daniel gab ein großzügiges Trinkgeld und bedankte sich bei den Frauen in der Küche. Offizielle Besucher der DDR mussten einen Zwangsumtausch pro Person machen und konnten ihr Geld nicht zurücktauschen. Seit 1964 kassierte die DDR-Regierung so die Westdeutschen Besucher ab. Bei jeder Einreise war ein Mindestbetrag von DM in DDR Mark umzutauschen, und zwar 1:1, obwohl die Ostmark nur einen Bruchteil an Wert hatte. Damit hatte Daniel einen guten Grund sein Ostgeld loszuwerden, denn zurücktauschen ging ja nicht. Der Wirt hatte versucht, Daniel die Levi's Jeans abzukaufen, doch der vertröstete ihn bis zu seiner Rückreise. Das konnte doch wohl nicht wahr sein, wie hier zwei unterschiedliche Welten aufeinander prallten, waren seine letzten Gedanken, bevor er sich weiter auf den Weg nach Berlin machte.

Nach einer knappen Stunde erreichte er endlich Berlin und konnte die Betonpiste hinter sich lassen. Was für eine Erfahrung, die er auf dieser Reise bis jetzt gemacht hatte! Als er die Grenzschranken nach West-Berlin passiert hatte, war er richtig erleichtert und fühlte sich sofort wieder wohl. Es war, als fiel eine Beklemmung von ihm ab, und er freute sich über die gewohnte freie Gesellschaft. Was war das doch für ein gewaltiger Gegensatz, diese beiden Deutschen Staaten? Er hatte ganz und gar vergessen, wie verbohrt und engstirnig die meisten kommunistischen Länder waren. Die Gehirnwäsche funktionierte in diesen Ländern vorzüglich. Wie konnten die Beamten in der DDR die westlichen Landsleute bei jedem Besuch so schlecht behandeln und abkassieren, wie konnte man sie nur als kapitalistische Feinde sehen? Wie konnte man Menschen wegen ihres freien Lebensstils verachten? Wenn man in einem freien und liberalen Land wie in der Bundesrepublik Deutschland aufwuchs, hielt man diese freiheitliche Lebensweise für völlig normal und selbstverständlich. Man vergaß aber dabei, dass doch die meisten kommunistischen Länder ihre Menschen einsperrten, ihnen keinen freiheitlichen Gedanken oder Lebensstil zu gestand und sie völlig unter absoluter Kontrolle hielt.

Berlin machte auf ihn den Eindruck einer kleinen Insel inmitten eines diktatorischen Ozeans der Unterdrückung, die das riesige kommunistische Land Sowjetunion mit vielen Millionen Menschen auf dieses Berlin ausübte. Ein kleines Stück Westdeutschland in der russisch besetzten Zone Deutschlands, der nur existierte, weil es ein Vier-Mächte-Abkommen nach dem 2. Weltkrieg gab und alle Siegermächte ein Stück vom großen Kuchen Berlin abhaben wollten. Am Anfang konnte man nur mit dem Flugzeug Berlin verlassen, aber nun seit wenigen Jahren auch mit einem Visum über die Transitstrecke mit dem Zug, oder wie er es getan hatte, mit dem Auto über die sogenannte „Autobahn" nach Berlin. Diese harte Realität öffnete Daniel die Augen und er dachte bei sich: „Willkommen in der Realität und im echten Leben." Das Politbüro der „Einheitspartei" behandelte seine Bürger wie Leibeigene, es gab keine Meinungsfreiheit, keine Pressefreiheit, keine Reisefreiheit, nicht einmal die Freiheit Lieder zu singen, wie seine Lieblingstexte:

1. „Die Gedanken sind frei, wer kann sie erraten? Sie fliehen vorbei wie nächtliche Schatten. Kein Mensch kann sie wissen, kein Jäger erschießen, es bleibet dabei: die Gedanken sind frei.

2. Ich denke was ich will und was mich beglücket doch alles in der Still, und wie es sich schicket. Mein Wunsch und Begehren kann niemand verwehren, es bleibet dabei: die Gedanken sind frei.

3. Und sperrt man mich ein im finsteren Kerker, das alles sind rein vergebliche Werke, denn meine Gedanken zerreißen die Schranken und Mauern entzwei: die Gedanken sind frei.

Natürlich gab es noch mehr Strophen, aber allein diese Worte waren genug, um den Arbeiter- und Bauernstaat das Fürchten zu lehren. Solche Lieder standen auf dem Index. Auch Maler, Schriftsteller, Musiker und Schauspieler wurden zensiert und mussten sich den Richtlinien der „Arbeiterpartei" anpassen. Für Daniel waren die meisten die sich damals unterordneten, rückgratlose Weicheier, die sich aufgegeben hatten. Denn nur wenige – wie z.B. Wolf Biermann und einige wenige junge Leute und Bands – hatten den Mut, ihren Mund aufzumachen und ehrlich ihre Meinung öffentlich zu machen. Wer es dennoch tat, wurde meistens ins Gefängnis gesperrt. Was für ein tyrannischer Scheißladen diese Staat war, ein Staat der sich DDR „Deutsche Demokratische Republik" nannte. Aber der Name war ein Hohn für eine Demokratie und auch keine Republik. Besser wäre der Ausdruck gewesen: „Deutsches Diktatorisches Randgebiet." Egal in welche Richtung man fuhr, irgendwann kam man immer an eine Mauer mit Stacheldraht und Selbstschussanlage. Das Brandenburger Tor machte einen traurigen Eindruck, denn die kalten grauen Mauern mit ihrem Todesstreifen direkt davor, verbarg etwas den Blick auf den Platz. Die Quadriga mit ihren vier Pferden hatte man einfach umgedreht, so dass sie in die falsche Richtung, also in den Ostteil von Berlin zeigte.

Daniel grübelte noch eine Weile nach, doch dann holte ihn die Gegenwart wieder ein und er musste sich auf seine Arbeit konzentrieren. Auf dem Kurfürstendamm waren einige seiner Kunden, bei denen er die neue Kampagne für Omega dekorieren sollte. Nachdem er in sein Hotel eingecheckt hatte, ging er zurück ins Zentrum der Stadt und schaute sich auf dem Kurfürstendamm um. Er wollte genau wissen, wo seine Uhrenläden waren, die er zu dekorieren hatte. Danach beobachtete er aus einem Cafe heraus das geschäftige Treiben auf der Straße. Alle verhielten sich so, wie er es auch in Frankfurt gewohnt war. Man konnte sich gar nicht vorstellen, dass wenige Minuten von hier eine Grenze war, die mit Mauern und elektrischem Stacheldraht, mit Wachtürmen, Minen und Selbstschussanlagen die Menschen an einem Fluchtversuch in die Freiheit hinderten. Trotz dieser unangenehmen Situation verbrachte er ein paar unbeschwerte Tage in der Innenstadt und ging ganz normal seiner Arbeit nach. Der letzte Juwelierladen im Zentrum war nahe der Ruine der Kaiser-Wilhelm-Gedächtniskirche und dem Breitscheidplatz. Die Verkäuferin im Juweliergeschäft war eine junge hübsche Blondine und hieß Brigitte. Die hatte ihm schon am Vortag bei seiner Ankündigung schöne Augen gemacht. Auch Daniel flirtete während der Arbeit gerne mit ihr. Sie brachte ihm die neuesten Modelle der Schweizer Uhren ans Fenster. Dabei hatten sie eine sehr interessante Unterhaltung, während er die Dekoration ausführte. Sie war nämlich auch aus der Stadt Gera in Thüringen nach Westberlin geflüchtet, genau wie er selbst vor vielen Jahren. Was für ein Zufall, dachte Daniel, denn beide waren aus derselben Stadt nach Westberlin geflüchtet. Sie war damals in Berlin geblieben und er war mit seiner Familie nach Westdeutschland ausgeflogen worden und hatte Berlin seit 20 Jahren nicht mehr besucht. Und hier im Westen, in der alten Hauptstad, hatten sich ihre Wege wieder gekreuzt. Was für eine schicksalhafte Begegnung. Daniel war hin und weg von ihrer Erscheinung und wollte sie unbedingt wieder sehen. Als er mit der Dekoration fertig war, sagte Brigitte, sie würde sich das Fenster nun mal von außen anschauen, um ein Foto zur Erinnerung zu machen, und danach könnten sie gemeinsam einen Kaffee trinken gehen. Als sie draußen auf dem Bürgersteig war, machte sie ein paar Fotos vom neu dekorierten Fenster und ging dann rückwärts mit der Kamera in der Hand auf die Straße, um ein Foto vom Fenster und dem schönen Jugendstil-Gebäude im Hintergrund zu machen. Daniel winkte ihr freundlich zu und ging dann ein paar Schritte zur Seite um nicht mit auf dem Foto zu erscheinen. Nach einem kurzen Moment hörte er plötzlich einen dumpfen Schlag und einen grellen Schrei. Als er sich erschrocken zum Fenster umdrehte, sah er gerade noch einen silbernen Volkswagen Käfer mit Vollgas davonfahren und Brigitte lag auf der Straße. Sofort waren einige Passanten zur Stelle, und der Platz vor dem Fenster hatte sich im Nu mit Menschen gefüllt. Die Polizei und der Krankenwagen wurden verständigt, und als der Krankenwagen nach wenigen Minuten kam, wurde sie sofort ins nächste Krankenhaus gefahren. Daniel war geschockt, ihm stand der Schreck ins Gesicht geschrieben. Gerade hatte er ihr noch freundliche Blicke zugeworfen und hatte sich darüber gefreut, dass sie aus seiner Heimatstadt war und später mit ihm noch Kaffee trinken wollte.

Wie konnte so etwas passieren? Es lag eine bedrückende Atmosphäre in der Luft, die ihm fast den Atem nahm und die er nicht erklären konnte. Das war nun schon der zweite Unfall mit einer Verkäuferin während seiner Arbeit. War der Fahrer geflüchtet weil er besoffen war, oder gab es hier solche Idioten und kriminelle Verkehrsrowdys? Er berichtete der Polizei was er gesehen und gehört hatte und war froh, am nächsten Tag die Heimreise antreten zu können.

Als er sein Hotel am nächsten Morgen verließ, erkundigte er sich noch einmal beim Uhrengeschäft, wie es Brigitte ging, und Gott sei Dank war sie außer Lebensgefahr. Er konnte es kaum erwarten, dass er bald wieder auf der Autobahn in Richtung Westdeutschland war und die schockierenden Erlebnisse hinter sich lassen konnte. Irgendwie waren die wenigen Tage in Berlin eine einzige Achterbahn der Gefühle gewesen. Er liebte die Gelassenheit der Menschen, aber gleichzeitig fühlte er eine Spannung, die über der Stadt lag. Er hatte viele schöne Stunden erlebt, aber auch diesen schlimmen Unfall. Also jetzt nur noch einmal ein paar Stunden Fahrt und dann zurück in sein altes Leben, das war sein einziges Ziel. Nach kurzer Fahrt kam er an einem See vorbei, der wie aus einer anderen Zeit zu sein schien. Ein altes Holzhaus am Ufer mit einigen Holzstangen, die an einem Baum lehnten, und davor ein kleines Boot welches im Ufergras lag und am Baum befestigt war. Er machte ein Foto von diesem idyllischen Platz und fuhr dann weiter zur Zonengrenze. Dort reihte er sich in die Autoschlange ein, die sich für den Transitverkehr an der Grenze aufgesammelt hatte. Er beobachtete gelangweilt, wie die Grenzbeamten schön langsam „Dienst nach

Vorschrift" machten und jedes Fahrzeug, eins nach dem anderen, genau inspizierten. Den Innenraum, den Kofferraum, die Taschen und Koffer und wieder wie gewohnt mit dem Spiegel unter den Fahrzeugen. Auch die Pässe wurden akribisch begutachtet und die Personen mit den Passfotos verglichen. Ein Fahrzeug nach dem anderen überquerte einen kleinen Platz zur Grenzstation, wo sich ein Pförtnerhäuschen mit den Vopos befand. Die Distanz vom Westberliner Bereich bis zum Ostdeutschen Grenzposten betrug ungefähr 30 bis 35 Meter. Wenn ein PKW abgefertigt wurde, fuhr der nächste bis zum Zollhäuschen und gab seine Papiere zur Besichtigung ab. Nach langer Wartezeit war Daniel als nächster an der Reihe und fuhr sogleich über das kleine Stück Niemandsland hinüber zum Kontrollhäuschen. Der Vopo in seiner grünen Uniform mit großen silbernen Schulterklappen und silbernen Abzeichen mit vier senkrechten Linien auf dem Revers ließ ihn erst einmal unerwartet lange warten. Seine Schirmmütze hatte das von Daniel verhasste Zeichen mit Hammer und Zirkel auf rotem Untergrund mit Ährenkranz, welches die kommunistische Diktatur verkörperte, und sogar die Gürtelschnalle trug dieses beschissene Abzeichen. Daniel wollte kein Aufsehen erregen und keine Auseinandersetzung, und so wartete er geduldig ein paar Minuten. Die anderen Fahrzeughalter im Westberliner Bereich waren auch schon genervt, und einige wenige fingen an zu hupen. Das war das Signal für Daniel, sich auch einmal bemerkbar zu machen. Er stieg aus dem Auto und rief über den Wagen hinweg dem Beamten zu: „Hallo, wann geht es denn heute weiter?" Der hob langsam den Kopf und man konnte deutlich sein wütendes Gesicht erkennen. Seine Halsschlagader stand hervor und er brüllte mit rotem Kopf auf sächsisch: „Hob isch Se etwa zu mir rieber gewungen?!" Daniel etwas konsterniert: „Ich habe Sie nicht winken gesehen und dachte ich sei nun als nächster an der Reihe." Der Vopo: „Sie solln nisch denken, Sie solln uf mei Kommando uffpassen und erscht dann gönnense rübergommen, wenn isch Sie rieberwinke, un nu zeischense mo Ihre Papiere." Daniel reicht dem Vopo seinen Reisepass und die Transitgenehmigung. Der blättert nun in irgendwelchen Akten, als ob er etwas suchen würde, was Daniel belasten könnte. So langsam wurde die Situation bedrohlich, denn er sagt zu Daniel: „Mir gönnen och Ihrn scheenen Opel kassiern und Se in Unersuchungshoft nehm." (Auf Hochdeutsch: "Wir können auch Ihren schönen Opel sicherstellen und Sie in Untersuchungshaft nehmen.") Daniel ging ein kalter Schauer über den Rücken und er schaute sich um. Seine erste Reaktion war Panik und Flucht. Denn das war kein Scherz von dem kleinen aufgeblasenen Volkspolizisten. Er hatte schon öfter von Verhaftungen gehört, die mit fadenscheinigen Begründungen wie Spionage, Staatsverrat oder der Republikflucht begründet wurden. Republikflucht würde auf ihn zutreffen, obwohl es lange her war und er damals noch ein Kind war, als die Familie aus der DDR flüchtete. Wenn man Glück hatte, dann wurde man von Westdeutschland nach Jahren der Haft wieder frei gekauft. Das musste er unter allen Umständen verhindern. Er schätzte, dass er die ca. 30 Meter zurück nach Westberlin in weniger als 4 Sekunden schaffen konnte. Noch war kein Vopo zwischen ihm und Westberlin. Als A-Jugendlicher hatte er immerhin beim Sportfest die hundert Meter in 12,6 Sekunden gelaufen. Also es war klar, in Haft würde er hier nicht gehen, sagte ihm seine innere Stimme, und auch sein Adrenalinspiegel, der nun stark erhöht war. Doch dann fielen ihm die Worte von Dr. Weissblech wieder ein: „Mein Gott, Lichtenstein, machen Sie sich nicht ins Hemd. Sie fahren für eine weltberühmte Marke aus der Schweiz mit einem Firmenwagen nach Westberlin. Die Schweiz ist ein neutraler Staat, da wollen die in der DDR doch keinen politischen Skandal vom Zaun brechen, oder?" Das machte ihm wieder Mut, und er fand kurz zu seinem Selbstvertrauen zurück. Also baute er sich jetzt etwas breiter vor dem Schalter des Vopos auf und sagt mit fester Stimme: „Wenn Sie einen politischen Skandal vom Zaun brechen wollen, dann beschlagnahmen Sie diesen 'Schweizer Firmenwagen' und ich bin in weniger als 4 Sekunden wieder in Westberlin. So schnell können Sie gar nicht schauen, und ich bin wieder zurück, von wo ich gekommen bin." Der Mann schaute ihn jetzt verdutzt und etwas überrascht an und drückte dann schnell auf einen roten Knopf. „Oha, jetzt wird es womöglich doch brenzlig", dachte Daniel und schaute über seine Schulter zurück in den freien Teil Berlins. Sein Körper war gespannt wie eine Stahlfeder und voller Adrenalin, doch plötzlich ging hinter dem Mann eine Tür auf und ein hoch dekorierter Mann mit einer noch größeren Schildmütze und noch mehr silbernen Abzeichen an seiner Uniform trat in den Raum. Er sprach leise mit dem Vopo und winkte dann Daniel an die Scheibe. Daniel schaute sich vorsichtig um und ging dann gespannt zum Fenster. Noch waren die Beiden im Grenzhäuschen und nicht auf der Straße, und er hätte Zeit zu reagieren. Eine dicke Glasscheibe befand sich zwischen ihm und den Vopos. Doch dann schob der Hochdekorierte plötzlich den Reisepass und die anderen Papiere unter der Scheibe nach draußen und sagte im schönsten Hochdeutsch: „Hier sind Ihre Papiere, Sie können jetzt weiterfahren, wir wollen heute mal etwas großzügig sein. Aber beim nächsten mal warten Sie bitte, bis man Ihnen das Zeichen gibt, zur Grenzkontrolle herüber zu fahren." Der untergebene Vopo

46

schaute Daniel immer noch mit grimmigem Gesicht an und hätte ihn sicherlich noch etwas länger seine kleine Machtposition spüren lassen. Was für ein kleines Arschloch, dachte Daniel, und so einer ist mein Landsmann und spricht die gleiche Sprache wie ich. Trotzdem war er erleichtert, dass er nun doch die Heimreise antreten konnte. Um nicht aufzufallen, hielt er sich strikt an die Geschwindigkeitsbeschränkungen und verließ diesmal nicht die Autobahn an der Raststätte, denn er war froh, nach wenigen Stunden die Westdeutsche Grenze passieren zu können. Dort fühlte sich an wie eine Befreiung, wie gerade einem Gefängnis entflohen zu sein. Endlich wieder freie Fahrt auf einer schönen Straße, ohne Tempolimit. Endlich wieder viele moderne und verschiedene Autos auf der Straße und ohne die wenigen Trabbi Zweitakter oder Wartburg, die mit ihren stinkenden Rauchfahnen die veralteten Straßen der DDR bevölkerten. Ohne Angst bespitzelt zu werden, ohne Angst seine freie Meinung äußern zu können und eine seidenglatte Teerstraße mit weißen Begrenzungsstreifen, Leitplanken, Katzenaugen am Fahrbahnrand und Raststätten mit allerlei Süßigkeiten, frischen Backwaren und einer großen Auswahl an Erfrischungsgetränken. Diese DDR, in der er einst geboren wurde, kam ihm vor wie ein böser Alptraum. Und nun hatte er noch einmal die Bestätigung erhalten, warum seine Eltern damals die richtige Entscheidung getroffen hatten. Die Flucht aus der DDR aufgrund der Enteignung ihres Betriebes, den Drohungen, der Diktatur und der Unterdrückung. In den Westen zu fliehen war richtig und notwendig. Ein Staat, der sich nicht nach außen öffnen wollte und seine Menschen unterdrückte, hatte für ihn keine Zukunft. Auch wenn sie durch die Flucht in den Westen alles verloren hatten, ihr Elternhaus, ihr Geschäft, ihre Freunde, ihre

Verwandten, ihre Stadt, ihre gewohnte Umgebung, mit einem Wort ihre gesamte Heimat – angesichts dieses Unrechtsstaates hatte es sich trotzdem gelohnt. Was nutzte eine Heimat, wenn die Menschen in ihr wie Sklaven behandelt wurden und niemand seine freie Meinung sagen durfte. Die Hauptsache für Daniel war, dass seine Eltern und alle seine Brüder in Freiheit und in einem demokratischen Rechtssystem aufwachsen konnten!

Nach dem er wieder in seiner Wohnung in Offenbach angekommen war, schaute er seine verschiedenen Polaroid Fotos an, und ihm fiel das Foto vom See in Berlin besonders auf. Dieses Foto versprühte ein nostalgisches Flair, dem er sich nicht entziehen konnte. Da er auch ein guter Zeichner war, begann er diese Landschaft auf einem DIN-A4-Blatt mit einer kleinen Feder und Tusche zu zeichnen. Diese schöne Zeichnung möchte ich dem Leser nicht vorenthalten und füge sie ins Buch ein.

Kapitel 3

Zurück in Frankfurt gab Daniel seinen Reisebericht mit Polaroidfotos und seiner Spesenabrechnung im Uhrenkonzern ab. Die Geschäftsreise durch die DDR nach Westberlin und zurück hatte ihm die Augen geöffnet. Es kam ihm vor, als wäre er aus einem „flower power" friedlichen Traum wach gerüttelt worden. Das Leben in Freiheit und in einem Rechtsstaat, in dem man alle Möglichkeiten hatte, die man sich vorstellen konnte, war doch nicht so selbstverständlich, wie er es bis jetzt geglaubt hatte. Die Bedrohung des Kalten Krieges aus dem Osten war eine harte Realität, die er in den letzten Jahren völlig außer acht gelassen und ignoriert hatte. Wirtschaftswunder und fast Vollbeschäftigung, Pressefreiheit, Meinungsfreiheit und Menschenrechte hatten die meisten Bürger in einer vermeintlichen Sicherheit gewogen, die es aber absolut nicht gab. Das war ihm jetzt wieder bewusst geworden. Diese Geschäftsreise nach Westberlin hatte ihn für immer verändert.

Das Leben ging weiter, und er musste sich auf die nächste Dekoration in Frankfurt vorbereiten. In Frankfurt war Daniel zu seiner Lehrzeit in die Berufsschule gegangen und kannte die Innenstadt daher einigermaßen. Die Großstadt nördlich vom kleinen Fluss Main liegt sehr dicht an der kleineren Stadt Offenbach, die südlich vom Main liegt. Wie so oft mit Nachbarstädten, gab es auch hier immer wieder Rivalitäten und ständige „Frotzeleien", wer nun der bessere, klügere, größere, reichere oder schönere sei. Ein altes Sprichwort im hessischen Dialekt aus dem Jahr 1830 besagt: ein Frankfurter Kaufmann wurde im Winter in Offenbach von einem Hund angegriffen, der Kaufmann versuchte sich mit Steinen zu verteidigen, doch die Steine waren am Boden festgefroren. Das veranlasste ihn dann, einen Fluch ausrufen:

„Krie di kränk Offenbach, die Staa binne se aa, die Hunde losse se laafe" (Auf Hochdeutsch: „Hol dich der Teufel, Offenbach, die Steine binden sie an und die Hunde lassen sie laufen.") Eine Abbildung davon gab es damals oft auf Hauswänden zu sehen und auf Postkarten zu kaufen. Bis heute hat sich die gegenseitige Rivalität erhalten, denn das Offenbacher Nummernschild OF wird in Frankfurt als „Ohne Führerschein" bezeichnet und Offenbacher nannten die Frankfurter gelegentlich „Falschfahrer".

Daniel begann seine Vorbereitungen für die Dekorationen von mehreren Juwelieren auf der Zeil, die dort angesiedelt waren. Die Zeil war damals die größte Einkaufsstraße in Frankfurt. Es würde wohl ein paar Tage dauern, bis er alle Geschäfte dekoriert hätte. Am ersten Tag suchte er einen Parkplatz in der Nähe der Zeil und trug die jeweiligen Dekorationsstücke zu den Uhrenläden. Jedes Geschäft war etwas anders gestaltet, einige waren im modernen Stil ausgestattet und andere im konventionellen Stil mit verschiedenen Fenstergrößen, da musste er sich immer wieder etwas anpassen. Für Daniel war das kein Problem, denn er hatte genügend Routine in seiner Arbeit erlangt, um sich auf jede Fenstergröße und jeden Stil einzustellen. Die Chefin des ersten Juweliers war eine sehr gepflegte ältere Dame, die ein helles, schickes Kostüm von Chanel trug, mit den typischen Applikationen dieser Marke. Ihre Haare hatten diesen kastanienbraunen Ton, wie ihn die Sängerin Milva trug, und der gerade sehr in Mode zu sein schien. Der exklusive Schmuck, den sie am Körper trug, würde eine ganze Arbeiterfamilie ein Jahr lang mit Lebensmitteln und Miete versorgen können. So sozial unterschiedlich war leider die Demokratie, die auch dem Kapitalismus Tür und Tor öffnete. Der schlaue Geschäftsmann wurde reich und machte dem arbeitenden Angestellten und Handwerker das Leben schwer. „Die können sich gerade mal das Überleben sichern", philosophierte Daniel vor sich hin. Aber auf der anderen Seite funktionierte der Kommunismus mit seiner Diktatur des Proletariats auch nicht. Denn, wie man am „Arbeiter und Bauernstaat" sehen konnte, wo wenige Bonzen alle Privilegien hatten und im Wohlstand lebten, waren das Volk und die Arbeiterklasse die Verlierer. Der Normalbürger musste dort auf fast alles verzichten, und nur die Mitglieder der Einheitspartei und des Politbüros hatten alle Privilegien. Leider galt das auch für die riesigen Länder wie die Sowjetunion und China. Beide Länder stellten nach außen den Kommunismus als die beste Staatsform hin. Die Staatsform, die nach Karl Marx die auf den Sozialismus folgende Entwicklungsstufe sei, in der alles vom Bürger Erarbeitete in das gemeinsame Eigentum der Staatsbürger übergehen würde und alle Klassenunterschiede überwunden würden. Eine schöne Idee, aber beide Systeme waren für Daniel nicht praxistauglich. Der Kommunismus diente den führenden Köpfen nur als Ausrede, um dem Volk alles zu diktieren, was angeblich dem Kommunismus diente. Also auch ihren Willen an allen Menschenrechten vorbei durchzusetzen – und damit erschufen sie den größten Klassenunterschied, nämlich die Partei und ihre Vorsitzenden, die alle Privilegien hatten, und das gemeine Volk, das zu gehorchen hatte. Die Demokratie hingegen war auch nicht perfekt. Sie ließ an ihrem rechten Rand eine Partei wie die NPD (Nationale Partei Deutschland) zu, die aus Altnazis bestand, und in ihrer Mitte erlaubte sie alles, was dem Kapital diente, auch wenn dabei viele Menschen auf der Strecke blieben. Sie förderte dabei eine Wirtschaft und Gesellschaftsform, die einen freien Wettbewerb und das Streben nach Besitz des einzelnen Menschen nicht nur erlaubte, sondern auch förderte. So entstand das Wirtschaftswunder. Ob das auf die Dauer gut gehen würde, stand in den Sternen. Dass in diesem System schlaue und studierte Menschen einen Vorteil hatten, war klar. Deshalb aber auch brutale Ausbeuter, die sich mit Ellenbogen durchs Leben boxten und die Schwächeren ausnutzten. Die hatten solange einen Vorteil, solange man ihnen keinen Rechtsbruch nachweisen konnte. Beiden Systemen fehlte es also an Mitgefühl für die „einfachen" Menschen, die nur ausgenutzt wurden, und damit fehlte es an echter Empathie und sozialer Gerechtigkeit.

Daniel begrüßte freundlich die Chefin und ihre beiden Verkäuferinnen und machte sich an die Arbeit. Die Fenster waren schon ausgeräumt und die Tabletts mit den zu dekorierenden Uhren lagen bereit. Die großen Uhrengeschäfte in Deutschland bekamen vom Uhrenkonzern mehrmals im Jahr eine Werbekampagne mit einem Dekorateur kostenlos zur Verfügung gestellt. Das war für beide Seiten ein lukratives Geschäft, denn der Uhrenkonzern konnte seine Produkte mit Werbung in den Mittelpunkt des Schaufensters stellen, und das Uhrengeschäft hatte eine kostenlose Dekoration, die mit überregionaler Werbung durch Illustrierte Magazine und überregionale Zeitungen in ganz Deutschland die gewünschte Aufmerksamkeit erzielte. Rosi, eine der Verkäuferinnen, wurde ihm zur Seite gestellt, falls er Fragen hatte oder Modelle austauschen wollte. Rosi war ein sehr schlankes, hübsches Mädchen, mit langem, glattem, schwarzem Haar. Ihre kleine Stupsnase und die mandelförmigen Augen passten zu ihren vollen Lippen und gaben ihr ein asiatisches Aussehen. Aber das Beste war, dass sie auch aus Offenbach kam, wo sie als

Kind zur Schule gegangen war, genau wie Daniel, nachdem er aus der DDR geflohen war. Das war natürlich eine Steilvorlage für Daniel, um mit ihr ins Gespräch zu kommen. In Offenbach sagt man zur Begrüßung „Ei guude" und das wurde von Rosi natürlich gerne gehört und auch erwidert, man verstand sich auf Anhieb und das Eis war gebrochen. „Ei guude, biste aach aus Offebach?" war die schnippische Antwort. Der Hessische Dialekt war natürlich auch für viele Menschen gewöhnungsbedürftig, denn wenn er so richtig extrem gesprochen wurde, konnte ein Süd oder Nord Deutscher kaum ein Wort verstehen. Z.B. auf Hessisch: „Eiguggemol, do is akärtsche ferdisch", heißt auf Hochdeutsch: „Schau mal, da ist eine Karte für dich".

Da beide des hessischen Dialektes mächtig waren, wurden während der Dekoration von Rosi und Daniel abwechselnd einige der extremen hessischen Sprüche rezitiert, was beide sehr lustig und sympathisch fanden und sie ein wenig den formellen Alltag vergessen ließ. Rosi erwähnte den Stadtteil Sachsenhausen, der auf der südlichen Seite des Mains lag und der schon im Mittelalter zu Frankfurt gehörte. Richtung Osten führte die Offenbacher Landstraße aus Sachsenhausen hinaus am Main entlang direkt nach Offenbach. Sachsenhausen ist ein besonderer Ort, er ist bekannt für seine Apfelweinwirtschaft und insbesondere ist Alt-Sachsenhausen durch die vielen engen Gassen mit seinen Gaststätten und Kneipen ein Anziehungspunkt für viele Besucher aus aller Herren Länder. Rosi fiel ein besonders ausgefallener Spruch ein, und sie sagte auf Hessisch zu Daniel: „Kimmt´n Ammi in Sachsehause in a Abbelwoistubb nei, schläächt sei Fremdwoddertbuch uff un säscht: „I have dorscht." Dodedruff stellt de Wärt deem Ammi en Schobbe uff de Disch un säscht: „One Äbbelwoi a day kieps the Dorscht away." (Auf gut

Deutsch: „Kommt ein Amerikaner in Sachsenhausen in eine Apfelweinstube herein, schlägt sein Fremdwörterbuch auf und sagt: Ich habe Durst." Daraufhin stellt der Wirt dem Amerikaner ein Glas Apfelwein auf den Tisch und sagt: „Ein Apfelwein am Tag lässt den Durst verschwinden.")

Beide schauten sich an und lachten laut los, ein ernster Blick der Chefin, die gerade mit Kunden im Gespräch war, ließ sie dann leise vor sich hin kichern. Daniel fiel auch ein Spruch ein und er sagte leise auf Hessisch: „Sitzt e Wermsche uff´m Termsche mitem Schermche unerm Ermsche. Kimmt e Stermsche un werft des Wermsche mit´m Schermche unerm Ermsche vom Termsche." (Für nicht Hessen zum Verständnis: „Sitzt ein Wurm auf einem Turm mit einem Schirm unter dem Arm. Da kommt ein Sturm und wirft den Wurm mit dem Schirm unter dem Arm vom Turm.")

Dieses mal kicherten sie etwas leiser und lachten sich mit aufgeblasenen Backen und rotem Kopf an, sie konnten ihr Lachen kaum verbergen. Da kam Freude auf und beide verstanden sich prächtig. Daniel fragte sie daraufhin, ob sie nach Geschäftsschluss mit ihm noch einen Kaffee nehmen würde, und sie sagte ihm freudig zu. Er hoffte auf den Beginn einer schönen Beziehung und freute sich auf seinen Feierabend. Die Dekoration war ihm wie immer gut gelungen und er machte draußen auf der Zeil schnell noch ein Foto von seinem Fenster mit der Polaroid-Kamera. Kurz nach 18.30 Uhr wartete er auf Rosi, und beide gingen fröhlich plaudernd die größte Einkaufsstraße in Frankfurt entlang und bogen dann in die Große Eschenheimer Straße in Richtung Eschenheimer Turm ab. Auf dem Weg zum Turm zog Daniel sie auf die andere Straßenseite und sie blieben vor seinem Lieblingsladen „Anas Men´s Shop" stehen. „Wie gefällt dir der Laden? Hier kaufe ich ab und zu meine Klamotten, weil die immer auf dem neuesten Stand der Mode sind." Rosi schaute in das Fenster und sagte: „Tolle modische Bekleidung für Männer – aber da ist nichts für mich dabei." Sie zwinkerte ihm zu, nahm seine Hand und zog ihn weiter in Richtung Eschenheimer Turm. Gleich in der Nähe war eine kleine Bar, die wie so mancher Imbiss damals auch Kleinigkeiten zum Verzehr anbot. Vom Frankfurter Würstchen bis zum "Handkäs mit Musik" und von der Currywurst bis zum Leberkäse, alles war typisch und regional. Sie nahmen beide ein schönes Henninger-Pils und jeder verzehrte eine heiße Bockwurst mit Senf und einem frischen Brötchen. „Warst du schon mal oben im Henninger Turm im Restaurant?", fragte Daniel. „Noch nicht, aber da wollte ich schon immer mal hin, ist schon etwas Besonderes wenn sich das Restaurant langsam 360 Grad um die eigene Achse dreht und man die ganze Stadt Frankfurt und Umgebung zu sehen bekommt." „Wollen wir mal gemeinsam dort Essen gehen, ich lade dich gerne ein?", fragte Daniel. „Oh ja, das wäre schön, da freu ich mich sehr!" Rosi war begeistert und zeigte offen ihre Freude über die Einladung. Sie verabredeten sich gleich für den nächsten Tag, denn Daniel hatte noch andere Schaufenster auf der Zeil zu dekorieren.

Am nächsten Morgen fuhr Daniel in freudiger Erwartung wieder nach Frankfurt und konnte es kaum erwarten, Rosi in ihrer Mittagspause zu sehen und mit ihr in der Nähe etwas Essen zu gehen. Nahe der Hauptwache, die man leicht von der Zeil aus zu Fuß erreichen konnte, gab es ein schönes kleines Cafe, in dem man die tollsten Backwaren und kleine Snacks essen konnte. Der Verkehr auf der Zeil war wie immer geschäftig, wie es für die Haupt-Einkaufsstraße einer Großstadt angemessen war. Nur gegen Abend wurde es etwas ruhiger, und man sprach damals davon, die Zeil eines Tages als Fußgängerzone zu gestalten um den Verkehr zu beruhigen. Die Autos, die man sehr oft auf der Straße sah, waren zu dieser Zeit der Käfer von Volkswagen, der Ford Taunus, der Opel Kadett und Rekord, der NSU Prinz. Die etwas teuren Autos wie Mercedes und BMW gehörten zu der gehobenen Klasse. Französische, englische, italienische und schwedische Autos waren eher die Ausnahme.

Daniel begann nun seine Dekoration in einem Uhrenladen auf der anderen Seite der Zeil und musste feststellen, dass die japanischen Hersteller jetzt auch stark auf den deutschen Markt drängten. Eine ernst zu nehmende Konkurrenz, die sich da weltweit ausbreitete und den Schweizer Uhren den Markt streitig machte. Citizen existierte seit 1918 und Seiko seit 1881 mit qualitativ guten Uhren, und beide waren dabei, den Markt zu erobern. Sie veränderten nicht nur den Deutschen, sondern auch den Europäischen Markt. Deutsche Marken wie Dugena, Lange & Söhne, Junghans, Junkers und Montblanc konnten sich nur noch schwer gegen japanische und andere Hersteller aus Fernost behaupten, und auch die Schweizer Hersteller hatten Probleme. In einer globalisierten Welt, in der die verbauten Einzelteile längst keine Ländergrenzen mehr kannten, kam nun alles über die große Hansestadt nach Deutschland herein, deren Hafen schon seit langer Zeit als „Tor zur Welt" galt, aus Hamburg. Dort siedelte sich seit Anfang des 20. Jahrhundert das Unternehmen Montblanc an, welches sich anfänglich mit eleganten Füllfederhaltern einen weltweiten Namen gemacht hatte. Die Dollarabwertung 1971 und die jetzt aufkommende Quarzkrise verschlimmerten diese Situation nochmals um ein Vielfältiges. Während die Schweizer Uhrenhersteller ihrer alten Tradition des mechanischen Uhrwerks immer noch nachgingen, hatten die asiatischen Hersteller nun die Nase vorn bei der elektrisch angetriebenen Quarzuhr. Diese Veränderungen auf dem Uhrenmarkt machte Daniel etwas Kopfzerbrechen für seine Tätigkeit in ferner Zukunft. Doch an diesem Tag freute er sich auf die Mittagspause mit Rosi, und durch konzentriertes Arbeiten ging die Zeit vorbei wie im Flug.

Um 12.30 Uhr wartete Daniel vor dem Uhrenladen, und kurz darauf kam Rosi freudestrahlend aus der Tür. Sie gingen beide Hand in Hand und gut gelaunt die Zeil entlang in Richtung Hauptwache. Es war ein schöner Tag, die Sonne strahlte vom Himmel und es lag Liebe in der Luft. Viele Menschen waren jetzt zu Fuß, mit dem Fahrrad oder mit dem Auto unterwegs, um rechtzeitig ihr Mittagessen einzunehmen. Im Gewühl der Menschen und Verkehrsteilnehmer wich Rosi einen Moment lang vom Bürgersteig ab und ging ein paar Schritte auf der Straße. Plötzlich kam ein Volkswagen hinter ihr angeschossen und erwischte sie mit dem rechten Kotflügel mit voller Kraft. Bevor Daniel sich versah, lag Rosi auf der Straße. Einige Leute schrien auf und sprangen zur Seite, doch der Wagen, der Rosi erfasst hatte, raste davon und verschwand im dichten Verkehr. Rosi war einige Meter durch die Luft geschleudert worden und lag regungslos auf der Straße. Daniel war starr vor Schreck und glaubte ein Deja-vu zu haben. Was war passiert, und was war eigentlich los in letzter Zeit? Ständig wurde er Zeuge von schrecklichen Unfällen in seiner Umgebung. Einige Menschen beugten sich über Rosi, um zu helfen, konnten aber nicht viel tun. Zwei Ladenbesitzer riefen die Polizei und den Krankenwagen. Daniel stand wie versteinert neben der regungslos am Boden liegenden Rosi. Es schnürte ihm die Atemwege zu und er war wie in einem Schockzustand. Wie konnte so etwas geschehen? Er hätte am liebsten laut geschrien, aber er brachte keinen einzigen Ton über die Lippen. Das ohnmächtige Gefühl, nichts tun zu können, ließ ihm Zeit und Raum vergessen, und erst die Sirene des Krankenwagens brachte ihn in die Wirklichkeit zurück. Doch nach dem Schock konnte keinen klaren Satz bilden. Ein Ladenbesitzer brachte Daniel ein Glas Wasser und sprach ruhig auf ihn ein. Er brauchte eine ganze Weile, um wieder klar denken zu können und um sich nach dem Befinden von Rosi zu erkundigen. Der Krankenwagen war schon längst mit ihr ins Hospital unterwegs, aber ihre Überlebenschancen waren nicht sehr hoch.

Am nächsten Tag bekam Daniel die schlimme Nachricht dass Rosi ihren Verletzungen erlegen sei und die Polizei ihn noch einmal wegen des Unfalls befragen wolle. Die Polizei verhörte Passanten und Ladenbesitzer und musste auch Daniel zu einer Aussage bewegen, trotz seines emotionalen Zustandes. Auf dem Polizeirevier musste er Hauptkommissar Steinmeier noch einmal Rede und Antwort stehen, wie es überhaupt zu dem schrecklichen Unfall kommen konnte. Einige Zeugen hätten zu Protokoll gegeben, dass das Fahrzeug die Frau, die durch Unachtsamkeit von der Straße abgekommen sei, erfasst hätte. Sie sei von der vorderen rechten Seite des Fahrzeugs erfasst worden und wäre dann durch die Luft geschleudert worden. Die Frage nach dem Modell und Farbe des Wagens wurde einstimmig als roter VW Käfer beantwortet. Jedoch bei der Nachfrage nach dem Nummernschild konnte leider niemand eine eindeutige Aussage machen. Einige sagten das Nummernschild sei unlesbar verschmutzt gewesen, andere sagten, es sei eine Frankfurter Nummer zu erkennen gewesen. Wieder andere Zeugen wollten ein Offenbacher Nummernschild gesehen haben. Durch diese widersprüchlichen Aussagen konnte kein Fahrzeughalter ermittelt werden.

Diese Hiobsbotschaft war niederschmetternd und Daniel brauchte einige Tage, um diesen Schock und seine tiefe Trauer zu überwinden. Er begann mit seinem Schicksal zu hadern und konnte nicht verstehen warum er in letzter Zeit so viel Unglück erfahren musste. Das es schon wieder ein roter VW Käfer gewesen sein sollte, machte ihn langsam nachdenklich. Das konnte doch kein Zufall mehr gewesen sein oder? Aber wer wollte genau zu seiner Arbeitszeit und in verschiedenen Städten jemand über den Haufen fahren und warum? Nein das konnte nur ein dummer Zufall sein, versuchte er sich zu beruhigen.

Kapitel 4

Als nächstes auf Daniels Liste der zu dekorierenden Schaufenster lag Würzburg, eine fränkische kreisfreie Stadt in Bayern. Daniel hatte zwar in der Schule einiges über die meisten Städte in Deutschland gelernt, aber Würzburg und Nürnberg hatten einen besonderen Stellenwert in der jüngsten Geschichte Deutschlands eingenommen. Weil er diese Städte nun regelmäßig für seine Dekorationen besuchen musste, hatte er sich noch einmal genauer in der Enzyklopädie des Brockhaus schlau gemacht. Mit ca. 120.000 Einwohnern war Würzburg die viertgrößte Stadt des Freistaates Bayern. Würzburg liegt im Maindreieck in einem Talkessel in der Mitte des Maintals. Durch die Stadt fließt der Main, der kleine Fluss der mit seinen klimatischen Verhältnissen dieser Region mit seinen Hanglagen zu einem renommierten Weinanbaugebiet machte. Durch seine verkehrsgünstige Lage mit Schiff, Bahn und Auto erreichbar, wurde Würzburg zum Treffpunkt verschiedener Veranstaltungen, und gleichzeitig hatte sie die älteste Universität Bayerns, die viele Studenten in ihren Bann zog. In der Nazi-Zeit wurden ab 1934, der ältesten Deutschen Partei SPD, die Aktivitäten verboten und alle Stadtratsmitglieder auf Adolf Hitler vereidigt. Danach erfolgte die Deportation von jüdischen Mitbürgern und auch die Ermordung von Tausenden von Psychiatriepatienten, alles unter dem Deckmantel der Aktion T4. Eine menschenfeindliche und grausame Zeit für ganz Deutschland. Würzburg hatte sich von den schweren Bombenangriffen der Alliierten aus dem Jahr 1945, die 80% der Innenstadt zerstörten, recht gut erholt. All das ging Daniel durch den Kopf, denn auch in Offenbach, wo er in den

50er Jahren in der Senefelder Straße gewohnt hatte, konnte man noch die zerstörten Häuser sehen.

Von Frankfurt aus hatte Daniel die Stadt am Main nach Zwei Stunden erreicht und buchte sich ein Zimmer im „Würzburger Hof", weil er am nächsten Tag noch weitere Uhrenläden zu dekorieren hatte. Das Hotel stammte aus den 1920er Jahren und hatte sich den Charme dieser Zeit erhalten. Die Zimmer waren stilvoll, und einige Möbel schienen noch aus den Gründerjahren zu sein. Daniels gemütliches Zimmer war mit Telefon, Nierentisch, kleinem Clubsessel und Möbeln aus den 50er Jahren ausgestattet. Nach dem er sich frisch gemacht und seinen Koffer ausgepackt hatte, ging er noch einmal zum Fluss und die Kurt-Schumacher-Promenade entlang. Es war immer schön, am Main entlangzugehen und die Schiffe zu beobachten, die in beide Richtungen vorbei fuhren. Danach ging er am Ringpark entlang ins Zentrum der Stadt, um sich etwas umzuschauen und einen Kaffee zu trinken. Als er die Domstraße erreichte, traute er seinen Augen nicht, denn durch das Fenster sah er in einem Cafe seine ehemalige Freundin Marietta sitzen. Was tun? Sollte er sie einfach ignorieren oder begrüßen? Wenn sie ihn gesehen hatte, wäre es kindisch, einfach weiterzugehen. Also ging er hinein, denn er wollte sowieso einen Kaffee oder Tee trinken, und begrüßte sie freundlich. „Hallo Marietta, was für ein Zufall, was machst du denn in Würzburg?" Sie schaute ihn etwas überrascht an und begrüßte ihn ebenfalls, aber mit einem süß sauren Lächeln. „Hallo Daniel, wie geht´s, ich bin mit meinem Freund hier, um seine Eltern zu besuchen. Was bringt dich in diese schöne Stadt?" „Du weißt doch dass ich immer unterwegs bin und in vielen Städten für Omega die Schaufenster dekoriere. Aber wie geht es dir? Hast du dich von deinem Italiener getrennt?" „Das war doch nur eine kurze Affäre, das habe ich dir doch damals auch schon gesagt, hast du das vergessen?" „Nein, natürlich nicht. Sorry, ich wollte keine alten Wunden aufreißen, ich bin nur hier, um einen Kaffee zu trinken. Ich wünsch dir einen schönen Tag!" „Ich denke, du trinkst nur Tee? Oder hast du das geändert?" fragte sie etwas schnippisch. „Nein, hab ich nicht geändert, aber ab und zu trinke ich gerne einen „italienischen" Kaffee." „Du kannst dich gerne zu mir setzen, denn mein Freund kommt heute nicht mehr in die Stadt. Er hat noch im Landkreis zu tun und wir sehen uns später bei seinen Eltern." Daniel bestellte einen doppelten Espresso und wusste nicht recht, was er noch sagen sollte. Es war eine seltsame Stimmung, die in der Luft lag. Aus diesem Grund versuchte er, das Eis etwas zu brechen und fragte: „Ich hoffe, du bist über unsere Trennung hinweg und nicht mehr sauer auf mich?" „Mach dir keine Sorgen, alles ist für etwas gut, ich bin mit meinem neuen Freund sehr glücklich und zufrieden." Das beruhigte Daniel etwas und er entspannte sich wieder. Trotzdem war da so eine gewisse Unsicherheit des Vertrauens Marietta gegenüber. Er hatte damals Schluss gemacht wegen einem Italiener, mit dem sie ihn hatte stehen lassen, auch deshalb hatte er ein wenig ein schlechtes Gewissen ihr gegenüber. Daniel sagte ihr, wo er in den nächsten Tagen und Wochen noch zu dekorieren hatte und war froh, durch dieses belanglose Gespräch die Atmosphäre zwischen ihnen etwas aufheitern zu können. Marietta erzählte von ihrem Freund, dessen Eltern etwas außerhalb von Würzburg bei Waldbüttelbrunn ein kleines Weingut hätten und dort den berühmten Bocksbeutel herstellen würden. Für Daniel war der Bocksbeutel ein zu trockener Wein, zu herb und deshalb trank er ihn nicht so gerne. Er war eher ein Freund vom Wein von der Mosel und von dort am besten eine Spätlese, die hatte die fruchtig milde Süße der späten Trauben und war ihm einfach lieber als der herbe Frankenwein. Als sie das Cafe verließen, war er froh, daß unvorhergesehene Treffen beenden zu können und begleitete Marietta noch bis zu ihrem Wagen. Sie stieg in ihren roten VW Käfer und fuhr davon. „Roter VW Käfer? Was für eine unangenehme Begegnung", dachte Daniel. Was für ein dummer Zufall, dass er ausgerechnet Marietta hier in Würzburg treffen musste, wo er doch gerade dabei war, seine Schicksalsschläge zu überwinden. Und dann der rote VW? Daniel ging langsam an der Würzburger Residenz vorbei, einem imposanten Palast aus dem 18. Jahrhundert mit gepflegten Gärten und im inneren mit Fresken und Gemälden eines bekannten Italieners. Er hatte noch etwas Zeit und schaute sich immer gerne irgendeine Sehenswürdigkeit an, bevor er seinen Termin bei einem der größten Uhrenläden in der Innenstadt wahrnahm. Es war immer wieder ein besonderes Erlebnis, die so verschiedenen Läden mit ihren unterschiedlichen Menschen kennenzulernen. Die Inneneinrichtungen waren so verschieden wie die Menschen, manches Interieur im Stil der Moderne, andere wieder im Stil des opulenten Barock oder der späten 50er Jahre. Bei den Menschen waren die Unterschiede ähnlicher Natur, manche Besitzer legten Wert auf Etikette und wollten nur mit Herr oder Frau Dr. so und so angesprochen werden und andere wiederum waren locker und wollten von Anfang an geduzt werden. Für Daniel war das kein Problem, denn er kannte seine Pappenheimer und konnte sich immer auf die verschiedenen Gegebenheiten einstellen. Es war für ihn in einem gewissen Maße eine psychologische Schulung um Menschen einzuschätzen, sie kennenzulernen und mit ihnen umzugehen.

Daniel schlenderte in Richtung Altstadt und bog dann in die Wilhelmstraße ein. Hier war einer der ältesten Juweliere und Uhrmacher der Stadt, bei dem er eine Schaufenstergestaltung vornehmen musste. Er kannte den Besitzer schon einige Jahre. Der begrüßte ihn freundlich und mit höflicher Zurückhaltung, wie immer. Nach kurzem Gespräch über die neuesten Modelle, überließ er Daniel die zu dekorierenden Uhren und bat ihn sich an seine Verkäuferin Viktoria zu wenden, falls er noch andere Uhrenmodelle benötigte. Dann verschwand er wieder in seiner kleinen Werkstatt. Daniel zog seine weißen, fein gewebten Wollhandschuhen an und lies die teuren Uhren mit Brillanten besetzten Rändern durch seine Finger gleiten. Es macht ihm viel Freude diese wertvollen Zeitmesser, die eigentlich mehr Schmuckstück waren als Uhr, im Fenster in Szene zu setzen. Dieser Juwelier hatte die stabilen Metallspangen aus Edelstahl, mit denen er gerne arbeitete. Auf diesen Spangen konnte man die Armbanduhren wie auf einen Arm stecken und dank der kleinen Halterung am Ausstellungsstück befestigen. Andere hatten einen kleinen Spieß an der Seite, der nach unten zeigte, damit konnte man die Uhren in den Holzboden stecken. Andere wiederum waren kerzengerade, ca. 25 cm lang, und darauf wurden die Armbanduhren mit Lederband montiert und auf verschiedenen Ebenen kunstvoll in Szene gesetzt. Nach kurzer Zeit war die Dekoration zum größten Teil geschafft, und als Abschluss wollte er eine seiner Lieblingsuhren noch in den Mittelpunkt stellen. Er rief nach Victoria und fragte ob sie noch eine Audemars Piguet Royal Oak mit blauem Zifferblatt hätte. Die Dekoration ging wie immer flink von der Hand und nach einer Stunde hatte er das Fenster zu seiner Zufriedenheit beendet. Er verabschiedete sich von seiner attraktiven Hilfe Viktoria und machte sich auf den Weg zurück in sein Hotel.

Nach dem er sein Hotelzimmer betreten hatte, gingen ihm die letzten Dekorationen der vergangenen Wochen noch einmal durch den Kopf. Heute war die Arbeit mal ohne Unfall über die Bühne gegangen. Jedes mal wenn er in einem Geschäft dekorierte, wurde er Zeuge von irgend-einem Unfall während seiner Arbeit. Lediglich das Treffen mit Marietta war etwas ungewöhnlich. Manche Menschen würden sagen, das ist Schicksal, aber Daniel war mehr ein Realist, der ganz klar und pragmatisch zu denken pflegte.

Kapitel 5

Seine nächste Dekoration sollte er in der kommenden Woche in Nürnberg erstellen. Die fränkische Stadt und ihre Nazi-Vergangenheit hatte Daniel, damals in der Schule durch seinen Lehrer Restle in Offenbach theoretisch kennengelernt. Nun musste er sie im realen Leben besuchen, und sie hatte für ihn immer noch einen diabolischen Hauch der Vergangenheit. Irgendwie strahlte sie noch den Größenwahn der Nazis mit den Resten der pompösen Bauten des ehemaligen Reichsparteitagsgeländes aus. In Nürnberg verkündete Hitler damals die schrecklichen Rassengesetze, die durch ihn weltweit bekannt wurden.

Die alliierten Siegermächte verurteilten viele Täter des „Dritten Reiches" in den berühmten Nürnberger Prozessen, aber leider wurden nicht alle Täter erwischt und einige saßen inzwischen schon wieder in verschiedenen Parteien. Selbst der Bundeskanzler AD wie Kurt Georg Kiesinger, der von 1966 bis 1969 im Amt war und bis 1971 Bundesvorsitzender der CDU war, hatte eine Vergangenheit als Mitglied in der NSDAP Hitlers. Also war es doch langsam an der Zeit, die alten Zöpfe endlich abzuschneiden und junge, unverbrauchte Menschen in die Politik zu bringen, oder? Mit diesen und ähnlichen Gedanken fuhr Daniel jedes Mal nach Nürnberg.

Doch es machte ihm Hoffnung, dass gerade jetzt, in den frühen 1970 er Jahren Nürnberg sich mit den Hippies und ihrer Popmusik langsam in die richtige Richtung veränderte. Der Tiergärtnertorplatz wurde umgestaltet und zum beliebten Treffpunkt der Jugendlichen, die ihn einfach als „Dürer" bezeichneten. Das Messegelände wurde 1973 vom Stadtpark nach Langwasser verlegt. Natürlich hatte der moderne Wandel bei den konservativen Bürgern einen

Widerstand hervorgerufen. Insbesondere die Kunstbiennale und das Kunst-Symposium Urbanum hatten im Dürer-Jahr 1971 wenig Akzeptanz oder Verständnis bei den Nürnbergern erzeugt. Hippies, Pop-Musik, neueste Mode oder moderne Kunst wollten die älteren Bürger in ihrem Städtchen nicht haben. Es war zu Beginn des neuen Jahrzehnts eine schwierige Umgewöhnung für viele Franken. Es gab damals auch eine Ausschreibung, die in ganz Deutschland für das „Albrecht Dürer Jahr 1971" zum 500en Geburtstag von Albrecht Dürer für ein Logo-Design ausgerufen wurde, welches von der Briefmarke bis zum Plakat gut erkennbar sein sollte. An diesem Wettbewerb hatte Daniel damals auch teilgenommen und eine gute Bewertung erhalten. Er hatte einige gute Ideen, die den Maler Albrecht Dürer und die Stadt Nürnberg ehrten und gleichzeitig in der heutigen Zeit der 70er wieder ins Bewusstsein bringen sollte. Denn Dürer war nicht nur ein guter Maler, sondern auch Grafiker und Mathematiker, seine Kupferstiche und Holzschnitte zählten zu den herausragenden Arbeiten der Renaissance. Dass er auch im Mai geboren war, wie er selbst, machte Dürer noch sympathischer. Drei seiner Entwürfe in Schwarz-weiß, die aber auch in verschiedenen Farben ausgeführt werden konnten, möchte ich hier vorstellen. Diese Entwürfe entstanden 1970 und waren für die Geburtstagsfeier im Jahr 1971 gedacht.

DÜRERJAHR NÜRNBERG

Ein Geburtstag nach einem halben Jahrtausend zu feiern, war nur wenigen Künstlern auf unserer Erde vergönnt. Daniel waren viele seiner Zeichnungen und Aquarelle Dürers noch gut aus seiner Schulzeit in Erinnerung. Die meisten Menschen kannten die betenden Hände oder den Feldhasen von ihm, aber nur wenige wussten, dass sie jeden Tag seine Bilder in der Hand hatten. Denn die Geldscheine von 5-DM (Portrait Venezianerin) und 20-DM (Porträt Elsbeth Tucher) hatte fast jeder täglich in seiner Tasche. Nur der Kupferstich „Ritter, Tod und Teufel" und der Holzschnitt „Die apokalyptischen Reiter" hatte Daniel immer wie eine bedrohliche Mahnung des Künstlers gesehen. Eine Vision, die sich wie bei Nostradamus leider in den 1930 er Jahren bewahrheitet hatte, und die in Nürnberg sehr stark zum Ausdruck kam. Trotz dieser bewegten Vergangenheit hatte sich Nürnberg von den Schrecken der NS-Zeit gut erholt und war nun für Daniel zu einer der schönsten Städte geworden, die er immer wieder gerne besuchte. Ein besonderes Highlight, welches er wie viele Menschen in Deutschland mit Nürnberg verband, waren jedes Jahr zur Weihnachtszeit die berühmten Nürnberger Lebkuchen.

Und heute war er wieder einmal hier und wollte seine Dekoration für seinen Schweizer Uhrenkonzern ausüben. In der Nähe des Albrecht-Dürer-Platzes, wo es ein übergroßes Standbild von Dürer gab, hatte er einen Kunden zu bedienen, der die neue Kollektion von Omega und deren Schwester-Herstellern erhalten hatte. Als Daniel aus dem Hotel kam und sich auf den Weg zum Uhrengeschäft machte, fuhr ein roter VW Käfer an ihm vorbei und parkte ganz in der Nähe an einer Parkuhr. Als der Mann aus dem Wagen stieg, traf es Daniel wie ein Blitz aus heiterem Himmel, und ein eiskalter Schauer lief ihm über den Rücken. Dieses Gesicht kannte er und würde er nie vergessen. Er blieb stehen und beobachtete den Mann aus sicherer Entfernung. „Das darf doch nicht wahr sein!", fuhr es ihm durch den Kopf, es war der Stasi-Spitzel aus dem Rasthof in Ostdeutschland, der ihm auf der Transitstrecke so unangenehm in Erinnerung geblieben war. Jetzt wurde ihm einiges klar, und er erinnerte sich an die beiden Unfälle, bei denen jedes Mal ein roter VW gesehen wurde. Hatte dieser wahnsinnige Stasi-Spitzel ihn etwa nach Westdeutschland verfolgt? Hatte er ihn verfolgt, und sein Ehrgeiz lief aus dem Ruder? Diese Staats-Spitzel waren zu allem fähig, das konnte man am neuesten politischen Skandal sehen, der seinem verehrten Kanzler Willy Brandt das Amt gekostet hatte. Die Affäre des Stasi-Spions Guillaume war gerade in vollem Gang. Jetzt musste er sofort handeln, dieser Drecksack, mit seiner hässlichen Visage, würde ihm nicht entwischen. In Daniel erwachte ein Patriotismus, den er vorher von sich nicht kannte. Er wollte unbedingt diesen Mann zur Strecke bringen, das war er seiner demokratischen Überzeugung schuldig. Zuerst musste er das Nummernschild vom Wagen aufschreiben, und er war erstaunt, dass es eine Nummer aus Offenbach war. Warum ausgerechnet Offenbach? Das machte doch keinen Sinn, niemand aus der DDR machte in dieser Stadt Urlaub. Es konnte sich also nur um seine Person drehen, denn er wohnte in Offenbach, und er hatte damals Kontakt mit diesem Spitzel auf seiner Durchfahrt nach Berlin. Er zog seine Polaroid-Kamera aus der Tasche und machte schnell ein Foto aus sicherer Distanz. „Jetzt hab ich dich, du kleiner Drecksack", murmelte er leise vor sich hin. Er hatte noch die Visitenkarte vom Hauptkommissar Steinmeier in seiner Geldbörse und suchte fieberhaft nach einer Telefonzelle, um in Frankfurt anzurufen. Der Kommissar musste unbedingt den Eigentümer des VW Käfers ausfindig machen und wenn möglich diesen Stasi-Mann verhaften lassen. Nach dem er eine Telefonzelle gefunden hatte und Steinmeier über das Nummernschild und über seine Vermutung berichtet hatte, musste er sich beeilen seine Dekoration im Uhrengeschäft Christie's rechtzeitig fertigzustellen. Der Konzern Christie's hatte eine Geschäftskette in allen großen Städten Deutschlands. Heute musste es also schnell gehen und die Dekoration wollte er in Windeseile ausführen. Die kleine korpulente Verkäuferin Annemarie aus München kannte er schon von den vergangenen Besuchen der letzten Jahre. Sie war immer fröhlich und strahlte eine Herzlichkeit aus, die sie sehr sympathisch machte. „Annemarie, ich bin heute in Eile, bring mir bitte alle Uhren auf einmal, damit ich heute schnell fertig werde!" „Was ist denn los mit dir Daniel, du bist heute so nervös und aufgeregt?" Sie schaute ihn freundlich fragend an. Ihr rundliches Gesicht war mit lockigem Haar umrandet. „Ich erklär dir alles das nächste mal wenn wir uns sehen, ok? Es ist eine längere komplizierte Geschichte, und dafür habe ich heute keine Zeit." Annemarie schaute etwas verwundert, doch sie half ihm tatkräftig die Dekoration schnell zu beenden. Sie wusste instinktiv, dass es um eine wichtige Sache gehen mußte und er es ihr später erklären würde. Danach ging er schnell noch einmal an der Stelle vorbei, wo der Verdächtige Stasi-Mann seinen roten VW geparkt hatte. Doch der war natürlich längst über alle Berge und Daniel war etwas enttäuscht. „Macht nichts", dachte er, „dich bekommen wir trotzdem bald zu fassen." Er war innerlich richtig aufgewühlt und machte sich auf den Heimweg nach Offenbach. Aus der Entfernung sah er noch einmal das Wahrzeichen der Stadt Nürnberg, die „Kaiserburg", die immer noch die Schäden der Bombenangriffe von 1945 trug. Jetzt in den 1970er Jahren hatte man endlich angefangen, diese Geschichtsträchtige Burg, deren Geschichte über 1000 Jahre zurückging, zu restaurieren.

Auf der Fahrt nach Hause zerbrach er sich den Kopf mit Überlegungen, wie das alles zusammen passen könnte. Die Unfälle, die immer mit einem roten VW Käfer passierten, konnten kein Zufall sein. Die Zeit verging wie im Flug, und am späten Abend war er wieder in seiner Wohnung in Offenbach.

Am nächsten Tag fuhr er noch einmal nach Frankfurt in die Zentrale seines Uhren-Konzerns und bekam von Dr. Weißblech für die kommende Woche die Liste der zu dekorierenden Uhrengeschäfte. Die Reise ging dieses mal nach Regensburg und Passau.

Danach konnte er es kaum erwarten, Hauptkommissar Steinmeier anzurufen, um zu hören, ob sich etwas getan hatte bezüglich des Stasi-Spitzels, der möglicherweise auch ein Spion für die DDR war. Leider gab es noch keine genauen Angaben über ihn, aber die Vermieter des roten VW Käfers wurden ermittelt, eine Autovermietung aus Offenbach, aus deren Unterlagen konnte die Reiseroute genau überprüft werden. Steinmeier erzählte ihm auch, dass er den BND (Bundesnachrichtendienst) verständigt hatte, um mögliche Spionagetätigkeit dieses verdächtigen Mannes zu überprüfen. Anlässlich der Spionageaffäre, die Bundeskanzler Willy Brandt sein Amt gekostet hatte, war es unerlässlich, diesen Mann nicht aus den Augen zu verlieren.

Daniel war sich sicher, jetzt wo die staatlichen Behörden in Aktion traten, würden sie den Mann dingfest machen und ihm möglicherweise auch den Unfall mit Todesfolge nachweisen können. Das wäre für ihn eine große

Genugtuung und ein Erfolg, der ihn wieder ruhig schlafen lassen würde.

Kapitel 6

Es war Wochenende, Daniel hatte etwas Zeit für seine Nebentätigkeit als Grafiker. Eine bekannte Werbeagentur in Offenbach hatte ihm den Auftrag gegeben, eine Verpackung für einen großen Glühbirnenhersteller aus Deutschland zu entwerfen. Es sollte eine leicht herzustellende Schachtel werden, die mit geringem Aufwand und mit nur einer Farbe bedruckt werden sollte. Das würde Farbe, Zeit und Geld für die Firma sparen und ihm einen kleinen Nebenverdienst ermöglichen. Außerdem war es sein Steckenpferd und eine große Freude für ihn, neben seiner Tätigkeit als Schaufenstergestalter, etwas Kreatives zu schaffen und gleichzeitig ein Design zu entwerfen, welches millionenfach benutzt werden würde. Da alle Glühbirnen in Deutschland rund waren, sollte die Schachtel nicht rund sein, denn runde Verpackungen waren in der Herstellung etwas aufwendiger, damit auch teurer und vom Hersteller so nicht gewollt. Außerdem sollte die Verpackung flach und stabil liegen und nicht davonrollen können. Also dachte sich Daniel eine Verpackung aus, die nicht rund und auch nicht quadratisch war wie die existierenden, sondern sechseckig und leicht herzustellen. Das schien ihm ein guter Kompromiss und er begann eine technische Zeichnung anzufertigen, die dem Glühbirnenhersteller als Vorlage dienen sollte, und die man der Kartonfabrik direkt weiterleiten konnte. Diesen Entwurf möchte ich dem Leser nicht vorenthalten und habe ihn auf der nächsten Seite abgebildet.

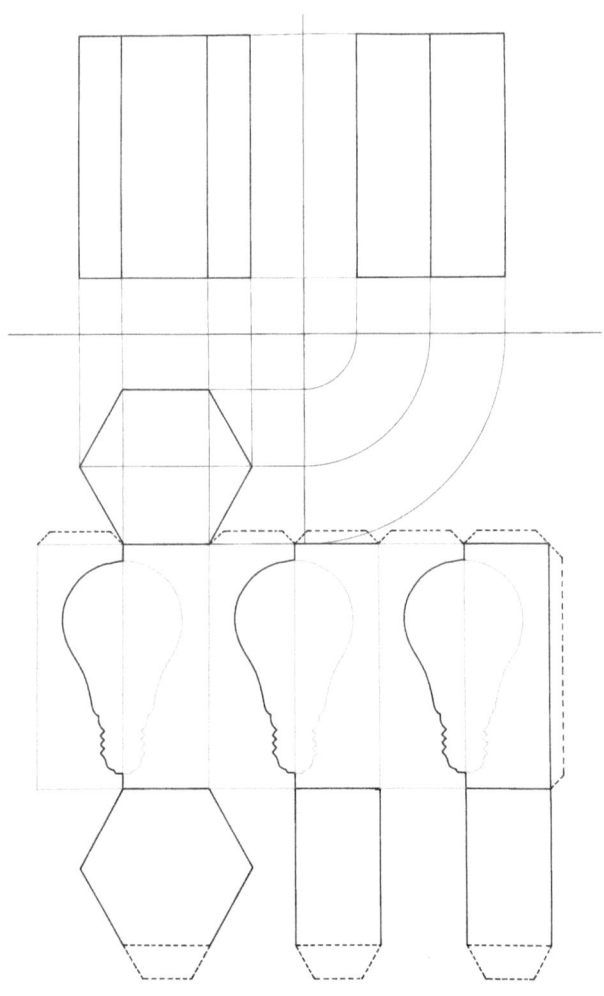

Das bedrucken wurde vorab in einer Fabrik gemacht jeweils mit der gewünschten Farbe und dem Firmenlogo. Anhand dieser Zeichnung konnte man den Karton direkt beim Verpackungshersteller ausstanzen lassen. Hier ein Beispiel in Gelb, wie es aussehen könnte.

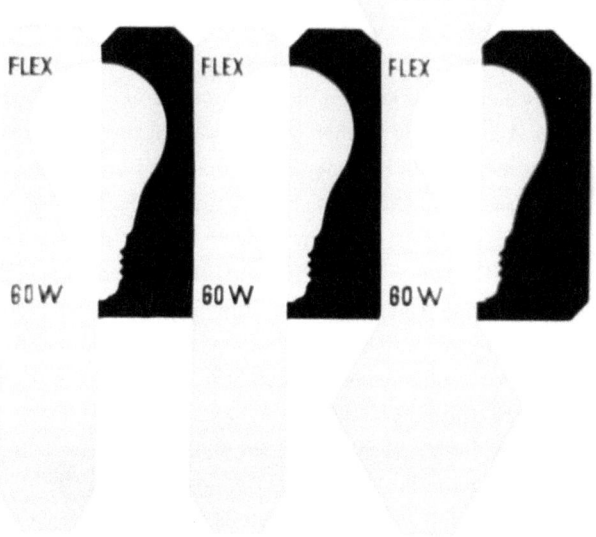

Daniel war mit seinem Design sehr zufrieden und hoffte auf einen Erfolg beim Glühbirnenhersteller. Er hatte gerade seinen letzten Buchstaben auf dem Entwurf angebracht, als das Telefon klingelte und Hauptkommissar Steinmeier anrief. „Hallo, Herr Lichtenstein, ich möchte sie kurz informieren über den von Ihnen genannten Herrn aus Ostdeutschland. Wir werden aus Gründen der Vorsicht den Namen Ihnen- und auch der Presse gegenüber nicht nennen. Ich möchte Sie bitten, wenn wir über ihn in Zukunft sprechen, nur den Namen "Peter Müller" zu benutzen. Das Ministerium für Staatssicherheit in Ostdeutschland hat eine große Anzahl von DDR-Agenten in unser Land eingeschleust. Wir kennen nicht einmal die genaue Anzahl dieser Agenten. Sie kennen ja den Skandal um den Agent Guillaume, der auf höchster Ebene unseren Bundeskanzler Willy Brandt zu Fall gebracht hat, und deshalb muss ich Sie bitten, keinen Kontakt mit Herrn "Peter Müller" aufzunehmen. Auch wenn Sie ihn zufällig wiedersehen sollten. Also keine Alleingänge von Ihrer Seite aus, auch wenn Sie, wie sie mir schon gesagt hatten, noch ein Hühnchen mit ihm zu rupfen haben. Sie gefährden sonst unsere wichtigen Ermittlungen."

„Selbstverständlich, Herr Steinmeier, aber bitte lassen Sie mich wissen ob Herr „Peter Müller" eventuell an dem tödlichen Unfall in Frankfurt beteiligt war. Denn ich habe wie gesagt schon vor ein paar Wochen in Berlin einen roten VW Käfer gesehen, der eine Verkäuferin von einem Uhrengeschäft angefahren hatte." „Wir werden der Sache nachgehen und bleiben in Kontakt, okay?" „Ja, dann vielen Dank, dass Sie mich informiert haben." Daniel legte den Hörer auf und starrte auf seine Zeichnung. Nur gut, dass er diese gerade fertiggestellt hatte. Im Moment konnte er sich nicht mehr konzentrieren, weil ihm so viele Dinge durch den Kopf gingen. „Wir leben in einer verrückten Zeit", dachte er, und hatte jetzt erst einmal Hunger auf etwas Süßes. In seiner Küche schaute er kurz in den Kühlschrank, und ihm fiel auf, dass er nicht viel für dieses Wochenende eingekauft hatte. Also musste ein Resteessen her und zwar so schnell wie möglich. Ein paar gekochte Kartoffeln vom Vortag waren noch übrig und 500 Gramm Quark, etwas Milch und Eier. Damit konnte man auf jeden Fall seine Lieblingsspeise herstellen „Quarkkeulchen"!

Hier die Zutaten, die er von seiner Mutter kannte:

1 kg Pellkartoffel vom Vortag

500 g Quark

150 g Mehl

ca. 100 g Zucker

1 oder 2 Tütchen Vanillezucker

1 Prise Salz

Abgeriebene Zitronenschale

3 Eigelb (Eiweiß separieren)

Mehl zum Wenden und Fett oder Butter zum Backen.

Die geschälten Kartoffeln werden fein gerieben oder durch eine Presse gedrückt, damit keine großen Stücke mehr vorhanden sind. Den Quark und alle anderen Zutaten zu dem Kartoffelbrei geben und alles zu einer glatten Masse verarbeiten. Aus der Masse kleine runde Pfannkuchen formen, die dann in Mehl gewälzt und in heißem Fett oder Butter goldgelb gebacken werden. Etwas Zimt und Rohrzucker, dann dazu Apfelmus oder eingelegte Früchte servieren, und fertig war seine Lieblingsspeise.

Am frühen Montagmorgen klingelte der Wecker, und während seiner Morgenroutine dachte er wieder über seine Arbeit nach. Er begab sich unverzüglich auf den Weg nach Regensburg und in Gedanken überlegte er schon, wie er die Dekoration ausführen würde. Der Motor des Opel

Rekord Kombi schnurrte wie immer ruhig vor sich hin, und so fuhr er gut gelaunt die Autobahn entlang. Daniel freute sich immer über die schöne Landschaft links und rechts des Mainufers. Nach Nürnberg ging es dann über Land auf der Autobahn A3 bis zur Ankunft in Regensburg an der Donau. Dort in der Innenstadt freute er sich auf die Dekoration bei Christie's. Die Firma Christie's war eine Juwelier-Uhrmacher-Kette, ähnlich wie Tchibo Kaffee, die sich auf viele Läden in ganz Deutschland verteilt hatte. Tchibo Kaffee wurde 1949 in Hamburg gegründet, aber nur wenige wussten, dass Christie's schon 1863 in Frankfurt gegründet wurde. Diese Uhrengeschäfte waren sehr populär, es war ein altes Traditionshaus und wurde von Jung und Alt und allen Einkommensklassen geschätzt. Nachdem Daniel wie immer im Hotel Jakob eingecheckt hatte, welches sich in der gleichnamigen Straße Nr. 14 befand, ging er, wie er es routinemäßig gewohnt war, noch einmal kurz durch die Altstadt, um zu sehen, was sich dort eventuell verändert hatte. Regensburg war eine der Städte, die Daniel sehr gerne besuchte, weil sie den Charme und die Gemütlichkeit des Mittelalters versprühte. Ihr gut erhaltenes mittelalterliches Zentrum mit der steinernen Brücke aus dem 12 Jahrhundert, die sich mit vielen Bögen über die Donau spannte, machte diese Stadt zu einem Juwel im Frankenland. Ein weiteres Wahrzeichen war der gotische Dom mit den Zwillingstürmen, der bundesweit bekannt war wegen seinem Chor, den „Regensburger Domspatzen". Daniel liebte die Vielfalt der verschiedenen Städte, die er aufgrund seiner Arbeit besuchen durfte. Es war ein schöner, frühsommerlicher Tag, und Daniel begab sich auf den Weg in Richtung Altstadt. Ganz in der Nähe hatte Christie's eine Zweigstelle, und er hatte eine neue Dekoration im Gepäck. Der Zweigstellenleiter, Herr Wagner, hatte ihn schon erwartet und begrüßte ihn freundlich. Sie kannten sich schon ein paar Jahr,e und es hatte sich ein freundschaftliches Verhältnis entwickelt. „Hallo Daniel, was macht die Kunst?" Wagner war ein offener und lockerer Mensch, der immer einen freundlichen Spruch auf den Lippen hatte. „Danke, es ist immer wieder schön, Sie zu besuchen und hier in Regensburg zu sein." Das Fenster war schon ausgeräumt und für die neue Dekoration vorbereitet. Daniel platzierte den aktuellen Blickfang der Firma Omega und begann dann, die neuen Modelle der Serie „Constellation" und „Deville Quartz" in Szene zu setzen. Ein schönes, neues Farbfoto, welches eine elegante Frau mit einer „Constellation" am Handgelenk zeigte, und ein großes goldenes Omega Zeichen rundeten die Dekoration ab. Nach einer knappen Stunde zog Daniel seine weißen Baumwollhandschuhe aus und betrachtete seine Arbeit. „Alles zu meiner Zufriedenheit", dachte er und begann, von außen einige Fotos vom Schaufenster mit seiner Polaroid-Kamera zu machen. Nachdem er sein Werkzeug zusammengepackt und noch einmal einen Blick auf seine Dekoration geworfen hatte, sah er aus dem Augenwinkel gerade noch einen roten VW Käfer vorbeifahren. Es traf ihn wie ein Blitz aus heiterem Himmel, und er rannte schnell auf die Straße um den Wagen deutlicher zu sehen. Doch der Käfer fuhr um die nächste Ecke, und Daniel glaubte gerade noch ein Offenbacher Kennzeichen zu erkennen. Schon wieder OF, dass konnte doch kein Zufall sein, war dieser wahnsinnige Spitzel ihm schon wieder gefolgt? Es gab zwar sehr viele VW Käfer, aber die meisten waren doch in Silber, Grau oder Schwarz. Nicht sehr viele hatten die auffällige Farbe Rot oder Gelb. War der Stasi-Spitzel wirklich hinter ihm her, oder hatte er schon eine Paranoia entwickelt und es war doch nur ein Zufall? Daniel musste diese Beobachtung sofort melden und fragte Herrn Wagner, ob er dessen Telefon kurz benutzen dürfe. „Kein Problem, Daniel, du weißt, wo es steht!"Daniel wählte schnell die Nummer von Hauptkommissar Steinmeier in Frankfurt. „Hallo, Herr Steinmeier, ich bin gerade in Regensburg und dekoriere hier ein Schaufenster bei einen meiner Kunden. Sie werden nicht glauben, was ich gerade gesehen habe, einen roten VW Käfer mit Offenbacher Kennzeichen. Haben sie diesen „Peter Müller" noch nicht dingfest gemacht?" Steinmeier überrascht: „Das muss sich um eine Verwechslung handeln, denn wir haben Herrn „Peter Müller" hier in Untersuchungshaft genommen. Er sitzt jetzt in Frankfurt im Gefängnis ein. Wir hatten seine Hotels befragt, doch er war leider nicht in Frankfurt zum Zeitpunkt des tödlichen Unfalls, bei dem sie den roten VW Käfer gesehen hatten. Aber es wurde seine Agententätigkeit durch einen unserer Agenten bestätigt, niemand wusste, dass er sich im Moment in Westdeutschland aufgehalten hatte. Wir haben ihn nun mit gefälschten Papieren erwischt, damit wollte er offensichtlich seinen richtigen Namen verbergen, denn dieser stand schon länger auf unserer Fahndungsliste. Dass Sie ihn nach Ihrer Reise nach Berlin wiedererkannt haben und uns melden konnten, war ein glücklicher Zufall, der uns sehr geholfen hat. Leider muß der rote VW den Sie heute gesehen haben, ein anderer sein, es ist sicher ein dummer Zufall. Also keine Panik, ich halte Sie auf dem Laufenden."

Das war erst einmal eine kleine Erleichterung für Daniel aber trotzdem arbeitete der Vorfall in seinem Kopf weiter. Was, wenn der rote VW eventuell Marion gehörte? Sie hatte doch auch einen roten VW Käfer mit Offenbacher Nummer. Oder war es doch Marietta, die ja vor längerer Zeit auch einen roten VW gefahren hatte? Es könnte aber auch Maria aus Aschaffenburg oder Viktoria aus Würzburg sein, oder war es womöglich Annemarie aus Nürnberg? Alle fuhren einen VW Käfer, den sie möglicherweise irgendwann umlackiert hatten. „Geht jetzt meine Fantasie mit mir durch, dass ich jede Bekannte nun verdächtigen muß, mit der ich in der Vergangenheit zu tun hatte?", fragte er sich selbst. Es lackierte doch niemand so schnell sein Auto um, außerdem konnte man dieser Person dann sehr schnell nachweisen, wenn sie ihren Wagen in einer Lackiererei hatte oder? Egal, er musste unbedingt herausfinden, wer noch einen roten VW Käfer besaß und wer nicht. Wer eventuell seinen VW Käfer neu lackiert hatte und wer ihn eventuell danach verkauft hatte, natürlich auch wann und in welche Stadt er oder sie, ihn verkauft hatte. Daniel brummte der Schädel wegen der vielen Möglichkeiten, würde er diese Aufgabe, die Nadel im Heuhaufen zu finden, erfüllen können?

Kapitel 7

Dr. Weißblech saß in seinem Büro und schaute durch das Fenster in das Großraumbüro. Sein Büro mit den großen Glastüren war ein Teil vom Großraumbüro. Er schaute über den Rand seiner Lesebrille und beobachtete die 10 Uhrmacher, die alle damit beschäftigt waren, die verschiedensten Uhren zu reparieren. Fast alle hatten ein Stirnband um den Kopf, an dem eine kleine Lupe befestigt war, die man bei Bedarf vor das Auge klappen konnte. Jeder hatte eine schwenkbare Tischlampe auf seinem Schreibtisch stehen, die genügend Licht auf seine Arbeit warf. Es waren meist nur kleine Reparaturen, die durchgeführt werden mußten. Mal war es ein Saphirglas, das erneuert werden mußte, ein anderes Mal war es ein winziges Zahnrad, welches in konzentrierter Arbeit ersetzt wurde. Bei anderen war es lediglich eine dieser winzigen neuen Batterien oder ein neues Armband für die neuartigen Quarzuhren. Leise Musik von einem Kofferradio lag in der Luft, die der ruhigen Atmosphäre im Raum keinen Abbruch tat. Weißblech beugte sich über einen Entwurf auf seinem Tisch, den er für eine neue Werbekampagne entworfen hat. Er grübelte noch über kleinere Details und ging dann im Großraumbüro langsam auf und ab, um in Ruhe denken zu können. Dass er den Uhrmachern ständig über die Schulter schaute, machte diese immer etwas nervös. Plötzlich klingelte das Telefon und Weißblech ging schnell zurück in sein Büro. „Ja bitte" rief er ins Telefon und am anderen Ende meldete sich eine laute Stimme, "Guten Tag hier ist Hauptkommissar Steinmeier aus Frankfurt, sind Sie Dr. Weißblech?". "Ja – mit wem habe ich das Vergnügen?". "Wir hatten vor ein paar Wochen einen tödlichen Unfall auf der Zeil, wo Ihr Dekorateur Daniel Lichtenstein ein

Schaufenster mit den Uhren ihrer Firma dekoriert hatte. Im Zuge der Ermittlungen hat sich ergeben, dass ein roter VW Käfer daran beteiligt war. Nun hat mich Herr Lichtenstein aus Regensburg angerufen und mir mitgeteilt, ihm sei dort schon wieder ein roter VW Käfer aufgefallen, der ihm verdächtig vorkomme. Da ihm auch schon in Aschaffenburg und Nürnberg ein roter VW Käfer aufgefallen war, wollte ich Sie fragen, ob Sie darüber etwas wissen. Falls es tatsächlich der VW sein sollte, der schon einmal Unfälle bei Ihren Händlern verursacht hatte, dann könnte es eventuell mit Ihrer Schweizer Firma zusammenhängen. Haben Sie einen Verdacht oder Kenntnis davon, ob es möglicherweise einen Erpressungsversuch gegen Ihren Uhrenkonzern gibt? Mehrmals haben rote VW Käfer einen Unfall verursacht, und der andere war ein Stasi Mann, der Herrn Lichtenstein von der Fahrt nach Berlin noch in unangenehmer Erinnerung war. Ist Ihnen im Laufe der Arbeit mit Herrn Lichtenstein irgendetwas aufgefallen, was uns weiterhelfen könnte? Vielleicht Freunde oder Bekannte, Kunden oder Lieferanten, die mit einem roten VW Käfer bei Ihnen waren?" Weißblech verdutzt: "Nein, Herr Kommissar, über solche Vorkommnisse habe ich keine Kenntnis. Daniel ist ein vertrauenswürdiger Mitarbeiter, der schon viele Jahre bei uns gute Arbeit leistet. Aber eine Sache fällt mir ein: Bevor er damals nach Berlin gefahren ist, hatte ich einen Anruf von einer jungen Dame, die sich als alte Schulfreundin ausgab und sich erkundigte, wie lange Daniel in Berlin sein würde und in welchen Städten er sonst noch Dekorationen zu erledigen hätte. Ich habe ihr damals die Städte und den ungefähren Zeitplan genannt. Sie klang sehr überzeugend und wollte Daniel gerne überraschen wenn er unterwegs war, deshalb habe ich Daniel nichts gesagt. Leider hatte sie ihren Namen nicht gesagt." „Gut, dass Ihnen das noch eingefallen ist, es macht unsere Arbeit doch etwas leichter. Denn wir wissen jetzt wenigstens, dass es abgesehen vom Stasi Mann nur noch eine Personen ist, die mit einem roten VW Käfer unterwegs ist. Denn einen Halter von einem roten VW Käfer haben wir schon ermittelt, es war ein Leihwagen, den der Stasi Mann benutzt hatte und den möglichen zweiten oder dritten werden wir auch noch finden. Vielen Dank für die Auskunft; ich werde sie gegebenenfalls noch einmal kontaktieren. Auf Wiederhören." Weißblech runzelte die Stirn und machte ein nachdenkliches Gesicht. Er wusste ja, dass Daniel nicht erfreut war, durch die Russische Besatzungszone nach Berlin zu fahren, aber über den tödlichen Unfall oder den Stasi Mann hatte er nichts gesagt. Hätte er Daniel vielleicht doch von dem Anruf dieser jungen Frau erzählen sollen? Er würde es auf jeden Fall nachholen, wenn er ihn das nächste Mal sah. Doch jetzt musste er erst einmal zurück zu seiner neuen Werbekampagne, die in ein paar Monaten in den überregionalen Zeitschriften und Magazinen in ganz Deutschland erscheinen sollte. Danach lag noch der große Entwurf für eine Werbung bei den Olympischen Spielen in zwei Jahren an. Denn 1976 wollte Omega wieder die Zeitmessung bei Olympia zurückgewinnen. 1968 übernahm Omega letztmals die offizielle Zeitmessung in Eigenregie und entschied sich danach für den Rückzug. Doch als dann bei den denkwürdigen Olympischen Spielen 1972 plötzlich Junghans die offizielle Zeitmessung übernahm, da wurden die Schweizer Uhrenkonzerne Omega, Longines und Tag Heuer wach und gründeten im gleichen Jahr den Konzern „Swiss Timing" der die Schweizer wieder an die Spitze bringen sollte. Omega musste bis 1976 wieder zum offiziellen Zeitnehmer bei der Olympiade werden. Eine ehrgeizige Aufgabe, die sich

Weißblech zum Ziel gemacht hatte. Er beugt sich über den Entwurf auf seinem Schreibtisch, der ihm sehr gelungen erschien, und schob mit beiden Händen das Omega Logo etwas hin und her. Wie sollte die genaue Ausrichtung auf den Seiten der Zeitungen erscheinen? Dabei vergoss er ein paar Tränen, die auf seinen Entwurf tropften. Keine Tränen der Freude oder emotionalen Hingabe, nein, es war lediglich der verdammte Glimmstängel, den er immer im Mundwinkel hängen hatte und dessen beißend aufsteigender Qualm in seinen Augen brannte. „Scheiß Glimmstängel", fluchte er vor sich hin, „die bringen mich noch mal ins Grab." Aber an ein Aufgeben dachte er trotzdem nicht.

Unterdessen war Daniel auf dem Weg zurück in die Konzernzentrale nach Frankfurt, um seinen wöchentlichen Arbeitsnachweis plus Spesen in der Personalabteilung abzugeben. Als er das Gebäude betrat, wurde er am Empfang sofort darum gebeten, sich bitte bei Dr. Weißblech zu melden. Daraufhin ging er ohne zu Zögern durch die kleine Halle, wo links und rechts die Uhrmacher an ihren Tischen saßen und mit ihren Lupen und Tischlampen, konzentriert der Arbeit nachgingen. Am Ende der Halle konnte er schon Dr. Weißblech in seinem gläsernen Büro sitzen sehen. Der gab ihm per Handzeichen zu verstehen, dass er schnell in sein Büro kommen solle. Als er eintrat, fragte Weißblech direkt: „Hallo Lichtenstein (er nannte ihn immer beim Familiennamen wenn etwas wichtiges zu sagen war), schauen Sie mal hier auf den Entwurf, wo würden Sie das Omega Logo positionieren?" Daniel schaute kurz auf den Entwurf für die neue Kampagne und schob das Emblem dann etwas nach oben mit der Bemerkung: „Damit hätte man unten etwas mehr Platz für bestimmte Hinweise der verschiedenen Typen im Sortiment." „Ja, ja, daran hatte ich auch schon gedacht", sagte Weißblech und kratzte sich am Kopf. Daniel fragte: „Aber deshalb haben Sie mich doch nicht ins Büro bestellt, oder?" „Nein, natürlich nicht. Es ist wegen des Anrufs heute von einem Hauptkommissar Steinmeier aus Frankfurt, der mir von einigen Unfällen erzählt hatte, die in letzter Zeit bei Ihren Arbeiten in verschiedenen Städten passiert sein sollen. Ich wundere mich, warum Sie mir nicht davon erzählt haben?" Daniel war überrascht. „Ich dachte, das würde niemanden interessieren, und bei meinen wöchentlichen Spesen- oder Arbeitsberichten war es auch nicht von Belang." „Ja, es war ja nicht nur der tödliche Unfall, sondern auch in Berlin der Unfall mit einer Mitarbeiterin im Uhrenladen. Ich hätte schon gerne gewusst, was so alles passiert in den Uhrenläden, in denen meine Mitarbeiter unterwegs sind." Weißblech schaute fragend über seine Lesebrille. „Ja, ok, dann werde ich Sie in Zukunft über ungewöhnliche Ereignisse informieren. Hauptkommissar Steinmeier hatte mich aber gebeten, über den Zwischenfall mit dem Stasi Mann mit niemand zu sprechen, so lange er nicht gefasst sei." Weißblech etwas kleinlaut: „Ok, da ist aber noch eine andere Sache, die ich Ihnen vor Ihrer Reise nach Berlin nicht erzählt hatte. Damals hatte ein junge Frau hier angerufen und wollte wissen, wann Sie nach Berlin fahren, um zu dekorieren. Sie wollte Sie überraschen, und ich sollte deshalb nichts sagen. Leider hat sie ihren Namen nicht gesagt, und ich weiß auch nicht, woher sie angerufen hat. Dem Kommissar habe ich schon alles erzählt und er wollte sich bei Gelegenheit noch einmal melden." Daniel war überrascht. Jetzt machte so langsam alles einen Sinn. Es musste also eine ehemalige Freundin sein, die ihm überall hin nachgereist war. Das machte die Angelegenheit nun wesentlich einfacher, und er konnte die wenigen Namen der Frauen, die in Frage kamen, an den Kommissar weitergeben. Damit sollte man den Fall aufklären können. Weißblech gab Daniel noch die Reiseroute mit allen noch zu dekorierenden Läden mit, und damit machte sich Daniel auf den Heimweg.

In seiner Wohnung angekommen, freute er sich über sein stilvolles Ambiente, in dem er sich immer wie zuhause fühlte. Hellgrün und Orange gemusterte Wände mit den zeitlos weißen Schleiflack-Möbeln gaben ihm ein gutes Wohngefühl. Um sich ein wenig abzulenken, nahm er wie so oft seine Gitarre und sang einige seiner Lieblingslieder leise vor sich hin. Das hatte immer eine wohltuende Auswirkung auf sein Gemüt. Danach machte er sich eine Kleinigkeit zu Essen und schaute noch die obligatorische Tagesschau im Ersten Deutschen TV Programm. Er wollte ja wissen was sich in Deutschland und der Welt so alles zugetragen hatte. Nach dem der enge Mitarbeiter von Willy Brandt als Stasi-Spion enttarnt worden war, musste Willy Brandt im Mai zurücktreten und Helmut Schmidt wurde sein Nachfolger als neuer Bundeskanzler. Auf der Mittelmeerinsel Zypern putschten die Anhänger der Griechischen Diktatur gegen den Präsidenten und Erzbischof Makarios, der dann fliehen musste. Die türkische Armee landete und besetzte den nördlichen Teil Zyperns. Seit diesem Jahr war Zypern zweigeteilt: in die griechische Republik und in den türkisches Nord-Zypern Teil. Wieder einmal hatte die Waffengewalt gegen den gesunden Menschenverstand gesiegt.

Der Watergate-Skandal und das eingeleitete Impeachment-Verfahren zwangen den US-Präsident Richard Nixon im August zum Rücktritt. Die Sängerin der Gruppe „Mamas und Papas" starb mit nur 33 Jahren. Ihre Lieder, unter anderen „Monday, Monday" waren weltbekannt. Die

Deutsche Fußball-Nationalmannschaft wurde mit Franz Beckenbauer in diesem Jahr Weltmeister.

Erst im Frühjahr hatte man die sensationelle „Terrakotta-Armee" in der chinesischen Provinz „Shaanxi" entdeckt, die auch hier den Größenwahn der damaligen Herrscher offenlegte. Die kommunistische Diktatur hatte in den 50iger Jahren das buddhistische Tibet besetzt und verkauft es bis heute in den Schulbüchern als ihre rechtliche Provinz. Wie in alten Kolonialzeiten wurde ein unrechtmäßig erobertes Land einfach annektiert.

Doch es gab auch freudige Überraschungen: Am 6. April hatte beim Eurovision Song Contest eine neue Popgruppe aus Schweden mit dem Namen ABBA den 1. Platz mit dem Titel „Waterloo" geholt. All diese Dinge nahm Daniel wahr und gingen ihm durch den Kopf, denn er war immer interessiert, was in der politischen und der musikalischen Welt so vor sich ging. Dabei kam es auch mal vor, dass er beim Fernsehen einschlief und erst gegen Mitternacht wieder aufwachte. Heute war wieder so ein Tag, und er hatte dabei einen seltsamen Traum. Er fuhr wie immer auf der Autobahn in Richtung Frankenland. Alles schien ganz normal zu sein: Einige Autos und Lastwagen vor ihm und einige hinter ihm, fuhren in gemäßigtem Tempo dahin. Doch plötzlich fingen einige Autos an zu zittern und zu flimmern, bis sie schließlich vor seinen Augen verschwanden. Es dauerte nicht lange, und alle Fahrzeuge waren weg. Wie konnte so etwas passieren? Entsetzen machte sich bei ihm breit. Was war da los, fragte er sich, doch plötzlich sah er im Rückspiegel einen roten Punkt auftauchen, der mit enormer Geschwindigkeit näher kam. „Was ist denn hier los?" fragte er sich. Dann tauchten weitere rote Punkte auf, die alle schnell näher kamen. Und er erkannte, es war eine große Gruppe roter VW Käfer, die sich anschickten, ihn zu überholen. Erst waren es fünf, dann zehn, und zum Schluß waren es mindestens fünfzig oder mehr, die ihn auf beiden Seiten überholen wollten. Auf der linken Spur war es ja noch legal, aber auf der Standspur mit erhöhter Geschwindigkeit an ihm vorbeizurauschen, das war illegal und sehr bedrohlich. Doch dann wurde es noch gespenstischer und richtig surreal. Einige Käfer flogen über ihn hinweg und landeten vor ihm auf der Autobahn. Doch der größte Schock war: als er in die Autos hinein schaute, konnte er keinen einzigen Fahrer hinter dem Lenkrad erkennen. Diese VW Käfer waren alle leer, ohne eine menschliche Seele am Steuer. Das war ein gehöriger Schreck für ihn. Wie konnte das sein, was ging hier vor sich? Das konnte doch alles nicht wahr sein, und so erwachte er schweißgebadet aus diesem Alptraum.

Daniel ging erst einmal ins Bad, wischte sich den Schweiß von der Stirn und tauchte sein Gesicht ins kalte Wasser. Nachdem er geduscht hatte, konnte er wieder einigermaßen klar denken. Was wollte ihm dieser Alptraum sagen? Er musste unbedingt die Person des roten VW Käfers identifizieren, er war ja jetzt auf einem guten Weg. Den Stasi VW Käfer konnte er Gott sei Dank aus der Liste der Verdächtigen streichen. Da waren nun ganz oben auf der Liste Marietta, Marion, aber auch Viktoria aus Deggendorf, oder die kleine Verkäuferin aus Hanau, deren Name er vergessen hatte und bei der er noch herausfinden musste, ob sie einen roten VW Käfer fuhr. Es gab auch noch ein oder zwei Verkäufer/innen in anderen Städten, von denen er nicht wusste, welchen Wagen sie fuhren, aber das war bei den nächsten Dekorationen leicht zu erfahren. Damit konnte er nun endlich eine klare Linie in diese bedrohliche Angelegenheit bringen und war sich sicher, dass er bald den richtigen VW Käfer finden würde.

Kapitel 8

Eine Auszeit und etwas Abwechslung vom täglichen Stress wäre jetzt genau das richtige, dachte Daniel. Es war Freitagnachmittag und das Wochenende stand vor der Tür. Sein Freund Michael wohnte in Offenbach Tempelsee, und er hatte ihn schon eine Weile nicht gesehen. Die vielen Reisen in die verschiedenen Städte ließen wenig Zeit für die Pflege seiner Freundschaften, also wollte er das Wochenende nutzen, um sie zu besuchen. Nach dem er Michael angerufen hatte, war ein Besuch gegen Abend ausgemacht. Als Daniel 19 Uhr am Tor klingelte, war sofort ein lautes Bellen zu hören. Kurz danach öffnete Michael die Tür, sein Hund Rino, ein französischer Schäferhund, kam durch den Garten zum Tor gerannt und begrüßte Daniel freudig. Obwohl er nur alle paar Monate zu Besuch kam, erkannte Rino ihn auf den ersten Blick und zeigte seine Freude, als ob sie sich jeden Tag sehen würden. Was für ein tolles Erinnerungsvermögen so ein Hund doch hatte! Daniel betrat das kleine Haus durch den Garten und nahm im Wohnzimmer Platz. Michael bot ihm einen Kaffee an und seine Frau Maria hatte noch ein Stück Rührkuchen übrig – seinen Lieblingskuchen mit Apfelstückchen und Streuseln. Das war genau das Richtige, um zu entspannen und den Alltag zu vergessen. Er erzählte den beiden, was sich in den letzten Wochen und Monaten so alles ereignet hatte. Die Atmosphäre im Wohnzimmer war relaxed und beruhigend, was wohl auch auf das große Aquarium zurückzuführen war, welches gegenüber der gemütlichen Couch stand. Es war ein gewaltiges Becken von ca. 150 Zentimetern in der Länge und 70 Zentimetern in der Höhe auf einem stabilen Unterschrank, passend zu den anderen Möbeln im Raum und mit indirekter Beleuchtung.

Das leise Summen der Membranpumpe zur Durchlüftung des Aquariums und die meditative Ruhe im Raum ergaben ein Wohlgefühl, welches zum Relaxen einlud. Im Hintergrund des Aquariums war eine Fototapete angebracht, die mit Unterwasserpflanzen, Wurzeln, Steinen und Sand die Illusion der Tiefe verstärkte und so in die reelle Bepflanzung des Beckens nahtlos überging. Die Ruhe, die dieses Aquarium ausstrahlte, war fast schon magisch zu nennen, und Daniel genoss den Augenblick, um die vergangenen Tage zu vergessen. Ein Schwarm von etwa 50 Neonfischen, die mit ihren silbernen und roten Streifen am Körper durch das Becken schwammen und die großen Skalare, die majestätisch lautlos dahin zogen, erinnerten Daniel an seine Kindheit in Thüringen, wo sein Patenonkel Volkmar Dix (Bruder des berühmten Malers Otto Dix) in seiner Wohnung ein ähnliches Aquarium hatte. Er fühlte sich einen kleinen Moment zurückversetzt in die unbeschwerten Kindertage. Michael erzählte ihm dann, er hätte von einem Pfarrer im Odenwald gehört, der dort eine ausgefallene Diskusart züchten würde. Eine Barschart wie die Skalare, flach wie ein Diskus, daher der Name. Den würde er gerne am Wochenende besuchen und sich vielleicht ein Pärchen für sein Aquarium kaufen. Daniel war sofort begeistert und wollte ihn gerne in den Odenwald begleiten, da seine Eltern seit vielen Jahren dort lebten. Eine gute Gelegenheit, die Eltern zu besuchen und den geheimnisvollen Pfarrer zu treffen. Gesagt, getan, und zusammen fuhren sie am nächsten Tag in den Odenwald. Nach dem Besuch bei seinen Eltern ging es über Berge und durch Täler weiter durch dichte Wälder bis ins Mossautal. Nachdem sie sich erkundigt hatten, wo denn der mysteriöse Pfarrer wohnte, fanden sie ein altes Bauernhaus nahe einer kleinen Kirche und klopften an der alten Eichentür. Ein

älterer Mann mit weißem Haar öffnete die Tür und begrüßte sie freundlich. Michael erklärte sein Interesse an
den berühmten Diskusfischen, die er züchten würde, und
der alte Pfarrer führte sie in ein kleines Seitengebäude mit
alten Natursteinmauern und kleinen Fenstern. Im Inneren
war es halbdunkel, und in die Wand eingebaut war ein
gemauertes Aquarium, welches nur an der Vorderseite
eine Glasscheibe von mindestens 2,5 Meter Länge hatte.
Dieses gewaltige Teil erinnerte an ein Aquarium im Zoo.
Ein Meter hoch und ca. 70 Zentimter tief. Es war beeindruckend in den Dimensionen und wunderschön anzuschau-
en. Sie standen eine Weile staunend da und schauten in
diese schöne Unterwasserwelt, die einen winzigen Teil des
Amazonas widerspiegeln sollte. Das feuchtwarme Klima
im Raum erinnerte an die tropischen Wälder des Amazonas und zog jeden Besucher in seinen Bann. Nach ein paar
Minuten lösten sich aus dem dichten Pflanzenbewuchs
zwei fantastische blaue Diskusfische, die zu Daniels Überraschung scheinbar ihre Wellenlinien am Körper verloren
hatten. Diese zu den Buntbarschen gehörende Art war
außergewöhnlich groß, und ihr Körper war wie komplett
in blaue Farbe getaucht. Es war ein atemberaubender
Moment, der sogar etwas Heiliges zu haben schien. Kein
Wunder, wenn ein Pfarrer solch schöne Kreaturen züchte-
te. In einem anschließenden Raum hatte er mehrere 300-
Liter-Aquarien stehen mit vielen jungen Diskusfischen, die
hoffentlich vom Pärchen aus dem großen Steinbecken
stammten. Michael kaufte sich drei von diesen Nachzuch-
ten und hoffte, sie würden sich auch so prächtig entwickeln wie die, die sie gesehen hatten. Auf die Nachfrage,
wie er denn sein Wasser aufbereiten würde, lachte der
Pfarrer und erzählte ihnen, dass ganz in der Nähe hier im
Mossautal eine natürliche Quelle wäre, die direkt an sei-

nem Haus vorbei ins Tal fließen würde. Dieses Wasser hätte den idealen PH Wert von 6,5 und nur wenig Kalzium (Härte), genau wie es im Amazonas der Fall war. Auf die Frage nach der Ernährung gab er Michael noch einen geheimen Tipp. Außer Trockenfutter und ab und zu Tubifex Schlammröhrenwürmer, würde er auch ein Rinderherz beim Metzger holen, es einfrieren und jeden zweiten Tag etwas davon in kleinen Streifen in eine Schüssel reiben und dann aufgetaut mit einer Pinzette an die Diskusfische verfüttern. Das würde sie groß und stark machen und ihre Farbe intensivieren. Mit diesen Informationen und den jungen Diskusfischen im Gepäck, machten sie sich auf den Heimweg.

Dieses Wochenende beim Pfarrer im Odenwald sollte für beide nicht ohne Folgen bleiben. Sie hatten sich einen „Diskus-Virus" eingefangen. Diese Fische strahlten ein besonderes Charisma aus, denn sie zogen nicht hektisch durch das Becken, sondern mit einer majestätischen Ruhe, die jeden Zuschauer in ihren Bann zog. Diese eigentlich schon meditative Ruhe war für Daniel ein willkommener Ausgleich zu seiner mysteriösen Omega-Zeit. Sein Beschluss war gefasst, er würde sich in nächster Zeit ein Aquarium zulegen und es mit diesen faszinierenden Fischen besetzen. Ein Wunsch, den er schon seit seiner Kindheit latent mit sich herumtrug, und der jetzt durch den Besuch im Mossautal wieder in sein Bewusstsein getreten war. Eine Aufgabe, die er sich schon lange ausgemalt hatte und der er sich jetzt zügig widmen wollte. Beim Pfarrer hatte er ein paar Fotos mit seiner Kleinbildkamera gemacht und den Rollfilm gleich am Montag zum Entwickeln des Films in die Drogerie gebracht. Am Mittwoch konnte er sich die fertigen Fotos abholen und war überrascht, wie schön sie doch geworden waren. Die blauen

Wellenlinien der Diskusfische waren deutlich zu sehen, und die besondere Zucht mit der glatten blauen Fläche ohne Linien war einfach der Hit. Daniel wollte unbedingt eine Schwarz-Weiß-Zeichnung mit Tusche machen, weil ihm diese Fische so sehr gefielen. Er entschied sich jedoch für die Diskusfische mit den Wellenlinien, weil sie typischer für den normalen Diskus aus Amazonien waren, und die neue Zucht nicht so gut in Schwarz-Weiß zu Geltung kam. Also machte er sich erst eine kleine Zeichnung mit Bleistift, die er dann mit prägnanten Linien in einfacher Schwarz-Weiß-Manier auf einem weißen Hartkarton mit schwarzer Tusche malte. Jeden Tag entwickelte sich sein Bild vom Diskus weiter, und nach wenigen Tagen hatte er seinen Lieblingsfisch wie ein Firmenlogo oder Markenzeichen fertiggestellt. Diese Zeichnung sieht man auf der folgenden Seite, damit sich jeder ein Bild machen kann.

Kapitel 9

Die folgende Woche hatte Daniel seine weitest entfernt gelegenen Städte zu besuchen. Es ging über Straubing nach Deggendorf, Dingolfing und Landshut. Dann nach Regen und Zwiesel nahe der Grenze zur Tschechoslowakei. Danach noch bis nach Passau an der Österreichischen Grenze. Eine Woche gefüllt mit Arbeit bei verschiedenen Juwelieren, in verschiedenen Hotels, verschiedenen Städten, erst dann ging es zurück nach Offenbach in seine Wohnung. Sein Firmenwagen, der Opel Rekord Kombi, den er vor zwei Jahren neu mit fast null Kilometer bekommen hatte, war nun durch ständiges Reisen schon 175'000 Kilometer gefahren und lief immer noch wie am Schnürchen. Am Montag ging es direkt nach Straubing, und nach dieser Dekoration weiter nach Deggendorf. Hier wartete ein schönes kleines Hotel, in dem er immer Halt machte und für drei Nächte buchte. Dieses einfache Hotel lag weniger als eine Gehminute vom Stadtmuseum und nur sieben Gehminuten vom oberen Stadtplatz entfernt. Von hier aus waren auch Dingolfing, Landshut und in die andere Richtung Regen und Zwiesel gut zu erreichen. Er konnte nach seiner Arbeit von diesen Kleinstädten gegen Abend immer wieder zurück nach Deggendorf fahren. Als er an diesem Mittwoch zurück von seiner Dekoration kam, traute er seinen Augen nicht, er sah in der Nähe seines Hotels Maria, die er ja gut aus dem Juweliergeschäft in Aschaffenburg kannte, aus ihrem roten VW Käfer steigen. Was machte Maria hier in Deggendorf? Im ersten Moment wollte er sie herzlich begrüßen, doch dann sagte ihm eine innere Stimme: Schau erst einmal, wohin sie geht und was sie hier zu suchen hat. Nach all dem, was er so in letzter Zeit erlebt hatte, war er vorsichtig geworden und sein detektivischer Sinn war erwacht. Er folgte ihr vorsichtig mit gebührendem Abstand, um zu sehen, wohin sie gehen würde. Zu seiner Überraschung war sie dabei, im gleichen Hotel einzuchecken, in dem auch er Gast war. Durch die Glastür des Hotels konnte er sehen, wie Maria die Formulare ausfüllte, und wenige Augenblicke später trat auch er in die Eingangshalle. Maria wollte gerade mit ihrem Koffer zum Aufzug, als sie ihn bemerkte und ihn erschrocken anschaute. „Hallo Maria, schön dich zu sehen. Was machst du denn hier in Deggendorf?" Eine Sekunde schaute sie konsterniert, doch dann hatte sie sich schnell wieder im Griff und lächelte ihn an. „Äh, ja, ich bin hier, um einen Freund zu besuchen", kamen die Worte zögerlich und wenig überzeugend von ihr. Was war hier los? Sie benahm sich wie ein kleines Kind, welches man beim Lügen erwischt hatte. Jetzt wollte er wissen, warum sie so reagierte. „Hast du später noch Zeit für einen Drink an der Bar?" fragte er freundlich. „Nein, ich muss Morgen etwas Dringendes erledigen." Doch zwei Sekunden später sagte sie schnell: „Oder doch, ja, ja für ein oder zwei Drinks sollte die Zeit reichen. Wir sehen uns in 15 Minuten an der Bar." Ihr Verhalten war doch recht sonderbar, und Daniel wollte der Sache auf den Grund gehen. Er saß schon 20 Minuten an der Bar, als Maria den Aufzug verließ. Sie kam herüber und setzte sich neben ihn auf einen Hocker. Er wollte das Gespräch mit ihr vorsichtig beginnen, um ihr Vertrauen zu erlangen und um herauszufinden, was sie zu verbergen hatte. „Was macht deine Arbeit in Aschaffenburg? Hat die Versicherung den Schaden an deinem Auto bezahlt?" Man konnte Maria anmerken, dass sie erleichtert war über diese belanglose Frage. „Ja, Gott sei Dank, weil ich noch Vollkasko versichert war." „Hat man den Unfallverursacher ausfindig machen können?" Diese Frage schien ihr doch etwas unangenehm zu sein. Daniel bemerkte es und sagte deshalb: „Wird schon werden. Hauptsache du bekommst den Schaden bezahlt." Danach bestellte Daniel lediglich Grüße an ihren Chef. Nach einer Weile begann Maria ihm ein paar Fragen zu stellen. „Wenn du ständig unterwegs bist, lernst du dann nicht viele Frauen kennen? Ein attraktiver Mann wie du hat doch bestimmt in jeder Stadt eine Freundin, oder nicht?" „Ach du lieber Gott, Maria, was denkst du denn von mir? Da hätte ich aber viel zu tun, und ich bin kein Mann, der mehrere Frauen zur gleichen Zeit hat!" Er erzählte ihr, was er so in den letzten Monaten erlebt hatte, einschließlich des tödlichen Unfalls in Frankfurt und den Versuch, eine Verkäuferin in Berlin zu überfahren. Sie fragte ihn daraufhin: „Hast du denn keine feste Freundin im Moment?" „Nein, ich habe mich erst vor längerer Zeit von meiner Freundin in Offenbach getrennt." Plötzlich schaute sie ihn mit funkelnden Augen an und fragte dann: „Warum hast du denn mit ihr Schluss gemacht?" Daniel erzählte ihr von seiner Beziehung mit Marietta, die er aber bewusst nicht beim Namen nannte, und dem Vorfall mit dem Italiener vor der Diskothek Balihu in Offenbach. Das er sich daraufhin von seiner Freundin getrennt hatte, würde ja jedem einleuchten. Maria schaute ihn ungläubig an und sagte dann etwas Erstaunliches, „Aber Marietta würde so etwas doch nicht tun!" Dieser Satz traf Daniel wie ein Paukenschlag, es wirkte wie ein Stromschlag der durch seinen Körper drang. „Wie kommst du auf den Namen Marietta?" fragte er fassungslos und schaute ihr mit ernster Mine in ihre dunkelbraunen Augen. „Du hast mir doch von ihr die ganze Zeit erzählt", wollte sie ihn beschwichtigen. „Ja, aber ich habe diesen Namen nicht ein einziges mal erwähnt. Also, woher kennst du Marietta?", fragte Daniel jetzt mit scharfer Stimme. Maria erkannte nun, dass sie Farbe bekennen musste und gab mit kleinlauter Stimme zu: „Ja, mein Gott, ich kenne Marietta, sie ist eine langjährige Freundin von mir. Wir sind in Offenbach zur Schule gegangen und ich bin danach nach Aschaffenburg gezogen. Ab und zu telefonieren wir miteinander und sie hat mir die Geschichte völlig anders erzählt als du sie mir erzählt hast. Du wärst ein gemeiner Weiberheld und würdest alle Frauen ausnutzen, betrügen, und man sollte dir das Handwerk legen. Deswegen sollte ich dir nachfahren, um zu sehen, mit wem du es wieder treiben würdest. Aber jetzt bin ich völlig verwirrt und weiß nicht, was ich glauben soll." Daniel war einen Moment lang sprachlos, als wäre er vom Donner gerührt, doch er fing sich schnell wieder und fragte, was Marietta ihr noch so alles erzählt hatte. Es stellte sich zu seinem Entsetzen heraus, dass sie ihm allein die Schuld an der Trennung gab und sie tatsächlich zur genannten Zeit auch in Berlin war, wie er, womöglich auch zum gleichen Zeitpunkt in Frankfurt, und damit auch verantwortlich für den tödlichen Unfall. Sie war es auch, die bei Dr. Weißblech damals angerufen hatte und sich nach den Dienstplänen von ihm erkundigt hatte. Das hätte Marietta ihr alles erzählt und ihr versichert, er, Daniel, wäre ein Super-Macho, der mehrere uneheliche Kinder hätte, und dem man mit allen zur Verfügung stehenden Mitteln eine Straftat nachweisen müsste, um ihm sein Handwerk zu legen und ihn ins Gefängnis zu bringen.

Jetzt reimte sich für ihn alles zusammen, und er erklärte Maria alle Zusammenhänge bis ins kleinste Detail. Dass er keine Freundinnen in jeder Stadt hätte und auch, dass er kein einziges uneheliches Kind hätte. Und er kam zu einer beängstigenden Erkenntnis: Marietta musste wohl psychisch erkrankt sein, denn nur eine Psychopathin würde solch ein Verhalten an den Tag legen. „Es tut mir leid, Maria, aber ich muss Hauptkommissar Steinmeier von deiner Aussage berichten, bevor noch mehr unschuldige Frauen zu Schaden kommen. Marietta hat dich manipuliert und mit falschen Behauptungen gefüttert und gegen mich aufgehetzt, um dich von ihrem Hass zu überzeugen, und beinahe wäre es ihr auch gelungen. Ich hoffe du siehst jetzt die Wahrheit, auch wenn es schmerzhaft für dich sein sollte. Aber ich muß dich bitten, Marietta nichts von unserem Treffen zu sagen, auch wenn sie deine Freundin ist, ok?" Maria schaute ihn mit traurigen Augen an und nickte dann mit dem Kopf. Man merkte ihr an, dass sie wie vor den Kopf gestoßen war und ein paar Minuten brauchte, um die Situation einigermaßen zu verdauen. Aus ein paar Minuten wurde dann doch eine Stunde, und aus einem Drink wurden mehrere. Zum Abschluss sagte sie leicht beschwipst: „Es tut mir sehr leid, dass Marietta mich so gegen dich aufgehetzt hat und ich es nicht hinterfragt habe. Sie hat mir auch erzählt, dass sie mein Auto in Aschaffenburg angefahren hat. Sie wollte kontrollieren, ob du hier wirklich dekorierst, und als sie dich beim Vorbeifahren im Schaufenster gesehen hat, war sie so erschrocken, dass sie schnell Gas gab und mein Auto in der Hektik gerammt hat. Jetzt versteh ich auch, warum sie ihren Wagen so schnell umlackieren ließ. Unfallbeseitigung und andere Farbe, zwei Fliegen mit einer Klappe. Sie hat dir auch schön etwas vorgespielt, als sie dich vor ein paar Wochen in Würzburg getroffen hat, denn das war kein Zufall, sie hat dich schon dort kontrolliert. Es tut mir alles so leid, denn eigentlich bist du mein Typ Mann, und ich fand dich schon immer sexy." Daniel schaute sie überrascht an, das waren ja ganz neue Töne. Jetzt verstand er auch das seltsame Verhalten von Maria, seit er sich von Marietta getrennt hatte. Sie stand völlig unter dem gefährlichen Einfluss von Marietta und wollte ihrer alten Schulfreundin gegenüber loyal sein. Aber blinde Loyalität ist so falsch wie blinde Mutterliebe, wer das Fehlverhalten seiner Freundin oder seines Kindes nicht offen anspricht, der verstärkt das Fehlverhalten noch um ein Vielfaches, und das kann fatale Folgen haben. Maria schien ihre Lektion gelernt zu haben, dank der Aussprache an diesem Abend. Sie schaute ihn mit traurigen, durch den Alkoholgenuss schon etwas glasigen Augen an, und Daniel gab ihr zu verstehen, dass es wohl besser wäre, wenn sie beide jetzt den Abend beenden und sich morgen in der Früh noch einmal zum Frühstück treffen würden. Gesagt, getan, und beide begaben sich in ihre Zimmer im zweiten Stock des Hotels. Daniel schaute noch einmal auf seine Polaroid Fotos und beendete seinen Tagesbericht. Dieser Abend war für ihn eine Erleichterung, denn die monatelange Unfallserie kam nun endlich zu einem Abschluß. Was für eine wundersame Fügung, dass mit Maria nun die Alpträume der roten Volkswagen ein Ende hatte. Es war nun nur noch eine Frage der Zeit, dass ein Staatsanwalt Strafanzeige gegen Marietta einleitete, und sie aus dem Verkehr gezogen würde. Dann konnte er endlich wieder ein ruhiges, unbeschwertes Leben in seinem Beruf führen.

Plötzlich klopfte es an der Tür. Daniel öffnete und Maria schaute ihn etwas verlegen an. „Hast du noch einen Moment Zeit? Ich kann einfach noch nicht schlafen, weil mir noch so viel durch den Kopf geht. Wollen wir noch einmal in die Bar auf einen Absacker?" Daniel wusste im ersten Moment nicht was er sagen sollte, denn er hatte für den heutigen Abend genug getrunken und Maria eigentlich auch. Aber er wollte ihr keine Absage erteilen, weil sie ihn endlich von seinen Alpträumen befreit hatte. Außerdem war sie eine sehr attraktive Frau und bei jedem Besuch in Aschaffenburg lag eine gewisse Spannung in der Luft, wenn er in ihrer Nähe war. „Eigentlich wollte ich nicht mehr in die Bar, aber ich kann dir ein Getränk aus dem kleinen Kühlschrank anbieten, Wasser, Cola, Bier, Rotwein oder Prosecco." „Ok, dann nehm ich einen Prosecco." Sie drückte sich an Daniel vorbei und ihr Busen streifte seinen Oberkörper. „Oha", dachte Daniel, „sie hat keinen BH mehr an, das kann ja noch heiter werden." Im Zimmer standen ein kleiner Tisch und zwei gepolsterte Stühle, daneben noch ein kleiner Kühlschrank mit Holzverkleidung. Daniel holte den Prosecco, ein Glas und für sich selbst ein Wasser, stellte alles auf den Tisch und setzte sich auf den Stuhl. Er nahm sein Sprudelwasser und prostete ihr zu. „Auf diesen erfolgreichen Tag und diesen schönen Abend, Maria, du hast mir wirklich sehr geholfen, und ich bin dir sehr dankbar." Maria schaute ihn überrascht an. „Nein, ich muss dir dankbar sein, denn du hast mich aus einer emotionalen Krise befreit. Ich dachte, ich müsste Marietta gegenüber loyal sein, weil sie meine beste Freundin ist, aber du hast mir nun die Augen geöffnet und mich von ihrem krankhaften Hass befreit." „Auf jeden Fall ist diese schlimme Unfallserie dank deiner Mithilfe zum Abschluss gekommen. Prost." Sie schaute ihm tief in die Augen und sagte dann spontan: „Zeig mir mal deine linke Hand." Daniel war verdutzt, kam aber der Aufforderung nach. Maria drehte seine Hand auf den Rücken und schaute in seine innere Handfläche. „Glaubst du, dass man aus der Hand eines Menschen irgend etwas ablesen kann?", fragte er ungläubig. „Deine Handlinien verraten mehr über dich und dein Leben, als du es vielleicht glauben magst." Sie senkte ihren Kopf und schaute intensiv auf seine Linien. „Die linke Hand, auch Erbhand genannt, steht für das Unbewusste und zeigt unsere ursprünglichen Anlagen und was uns im Leben erwartet. Die rechte Hand, die sogenannte Entwicklungs-Hand, steht für das Bewusstsein und zeigt Erlebtes aus Vergangenheit, Gegenwart und Pläne für die Zukunft an." Daniel war schon wieder überrascht und wusste nicht, was er davon halten sollte. Es waren ganz neue Seiten, die sich bei Maria eröffneten, er war kein großer Freund von Aberglaube, Astrologie, Handlesen und Esoterik, aber in der Demokratie in der er lebte, gab es diese Freiheit, auch Unsinn zu glauben. Sie schaute ihn mit leicht gläsernen Augen an und er konnte nicht genau erkennen, ob es der Alkohol war oder ein Trancezustand. Ihre langen Haare fielen nun von ihrer Schulter auf den Tisch, weil sie sich dicht über seine Hände beugte. „Es gibt eine Lebenslinie, eine Kopflinie, eine Herzlinie und eine Schicksalslinie. Keine Sorge, die Lebenslinie lässt nicht erkennen, wann jemand sterben wird, sie zeigt also nicht die Lebenslänge an, sondern steht vielmehr für Vitalität, körperliche Fitness, Wohlbefinden und Lebenskraft. An der Kopflinie kann ich Informationen über Intelligenz, Konzentrationsvermögen, Denkprozesse und Rationalität ablesen. Ist sie besonders ausgeprägt, zeugt das von einer guten Konzentrationsfähigkeit und hoher Intelligenz." Daniel war überrascht ob diesen detaillierten Aussagen und sie fuhr fort:"Bei der Herzlinie geht es um Gefühle, Glück in der Liebe und Beziehungen. Je klarer die Linie zu erkennen ist, desto glücklicher verlaufen mögliche Beziehungen. Bei dir verlaufen sie besonders klar. Die Schicksalslinie gibt Aufschluss über Eigenschaften der Persönlichkeit, des Berufs, Zielstrebigkeit und Durchhaltevermögen." „Du scheinst dich ja wirklich gut auszukennen auf diesem Gebiet, ist das ein Hobby von dir?" „Ja, ich hab mich schon von klein auf für solche Dinge interessiert."

Daniel beugte sich jetzt auch über den Tisch, ganz dicht ihrem Gesicht gegenüber, nahm ihre linke Hand und drehte sie um. „So, jetzt wollen wir doch mal sehen wie es bei der kleinen modernen Hexe so mit Gefühlen, Glück und Liebe aussieht." Sie schaute ihn mit ihren dunklen Augen verschmitzt an und sagte: „Wenn du an das Handlesen nicht glauben kannst, ist das nicht schlimm, Gegensätze ziehen sich an. Wenn du aber ein klein wenig daran glaubst, heißt es für mich: gleich und gleich gesellt sich gern. Es ist also egal was du machst und denkst, du bist ein Mann der mir gefällt." Sie zog Daniel zu sich herüber und küsste ihn kurz auf den Mund. Daniel war überrascht und fasziniert zugleich von ihrer Spontanität und zog sie nun ebenfalls dicht zu sich heran. Dabei küsste er sie leidenschaftlich und zärtlich zugleich. Sie schauten sich tief in die Augen und ein wohlwollendes Gefühl überkam beide. Da war es auf einmal mit voller Wucht, dass Verliebtsein und das berühmte Prickeln im Bauch, was man auch als Schmetterlinge im Bauch bezeichnete. Irgendwie hatten es beide geahnt nach der langen Unterhaltung an der Bar, und endlich konnten sie ihren Gefühlen freien Lauf lassen. Jetzt gab es kein Halten mehr, beide rissen sich gegenseitig die Kleider vom Leib und versanken in hingebungsvollem Sex. Ein Abschluss, den sich beide schon länger ersehnt hatten.

EPILOG

Nun machen wir einen kleinen Zeitsprung in das nächste Jahrtausend, in die 2020er Jahre. Daniel war nun weit über 70 Jahre alt und hatte einiges in seinem Leben erlebt. Die Zeit bei der Firma Omega lag lange zurück und war nur noch eine blasse Erinnerung. Er hatte in den 70er Jahren noch eine kleine Diskusfischzucht eröffnet, die er mit großer Hingabe pflegte. Nachdem es ein paar Jahre erfolgreich lief, wollte er sich doch noch einmal umorientieren und eröffnete ein Künstlercafe in der Nähe von Frankfurt. Das war viele Jahre seine große Liebe, die er mit Margarita, seiner Ehefrau, teilte. Alle zwei Monate gab es eine andere Ausstellung von Malern und Malerinnen aus der Umgebung. Auf der kleinen Bühne im Cafe wurde fast jedes Wochenende Live-Musik gemacht, mit Solisten und kleinen Bands aus aller Herren Länder. Es wurde zu einem wohlbekannten Künstlertreff, der sich im Raum Frankfurt herumsprach. Daniel hatte nun auch die Gelegenheit, zum ersten Mal seine eigenen Lieder und Texte zu veröffentlichen. So brachte er in den 80ziger Jahren seine erste LP auf den Markt und begann mit kleinen Auftritten, sich in der Musikbranche in Szene zu setzen. Die erste LP wurde nicht der gewünschte Erfolg, denn gerade Anfang der 80ziger Jahre kam die neue Deutsche Welle auf den Musikmarkt, die überhaupt nicht seinem musikalischen Geschmack entsprach. Da wurde von „Ich will Spaß, ich geb Gas" und „Da, da, da" gejammert, oder „Fred vom Jupiter" und „Es geht voran" gegrölt – „singen" konnte man das nicht nennen. Für Daniel war immer noch England das Land der besten Pop- und Rockmusik auf dem gesamten Globus. Die Radio und Fernsehsender in Deutschland brachten zum größten Teil nur noch Schlager und Deutsche Welle, aber keine gute Pop- oder Rockmusik. Da passten seine Lieder, die irgendwo dazwischen lagen, einfach nicht hinein. Es war sowieso schon schwer genug, als Außenseiter ohne Verlag oder Schallplattenvertrag einen Fuß in die Tür der Musikbranche zu bekommen. Der Musikstil, den er mochte, war in etwa so wie die Sänger und Bands aus England, z.B. Pink Floyd (Another Brick In The Wall), Phil Collins (In The Air Tonight), Kim Carnes (Bette Davis Eyes), Paul Young (Come Back And Stay), Queen (Radio Ga Ga), Police (Every Breath YouTake) und so weiter und so fort. Da konnten die deutschen Schlagerfuzzis einfach nicht mithalten, und es liess sich leicht erkennen, dass Daniel kein Schlager- oder Deutsche-Welle-Fan war. Also verpachtete er kurzerhand das Künstlercafe und emigrierte nach England. In der kleinen Stadt Bournemouth im südwestlichen Teil Englands fand er ein kleines Tonstudio und begann seine ersten Aufnahmen in englischer Sprache. Aber auch in England war es sehr schwer, als Unbekannter in die Musikszene einzudringen und erfolgreich zu sein. Nach drei Jahren Versuch, in der Branche Fuss zu fassen, verbrachte er mit Margarita mehrere Urlaube in Südspanien und sie entschlossen sich danach, ihren Wohnsitz in diese Gegend zu verlegen.

Das war auch die Zeit, in der ein komplett neues Zeitalter begann, ohne dass es von der großen Mehrheit der Menschen so richtig wahrgenommen wurde. Das Industrielle Zeitalter hatte sich langsam verabschiedet und ein neues, digitales Zeitalter hatte begonnen. Es würde zu einer digitalen Revolution werden, die den ganzen Globus beeinflussen würde. Die ersten Computer, die man einigermaßen benutzen konnte, kamen in den 80er Jahren auf den Markt, wie z.B. IBM 5150 und Apple Macintosh. In den 90er Jahren zeigten chinesische Freunde, die Daniel an der Costa del Sol kennengelernt hatte, ihm den ersten Laptop. Damals konnte er noch nichts damit anfangen und ließ es leider links liegen. Dass diese Technologie in den nächsten Jahren einen globalen Siegeszug antreten würde, hätte er sich damals nicht träumen lassen. Die Welt würde sich komplett neu orientieren und in eine neue Phase elektronischer und digitaler Neuheiten übergehen. Nach dem Millennium begann der Siegeszug der kabellosen Telefone, die man unter dem Namen Mobiltelefon oder Handy von verschiedenen Herstellern kaufen konnte. Wer damals geboren wurde, wuchs direkt mit dieser neuen Technik auf, und die Kinder des neuen Jahrtausends hatten natürlich kaum noch eine Ahnung davon, dass es davor nur stationäre Telefone mit Kabel und Wählscheibe oder Tastatur gab. Auch Schreibmaschinen und Plattenspieler mit Langspielplatten sowie Kassettenrecorder waren für diese Generation eine altmodische Erscheinung. Was in Daniels Jugend noch die Crème de la Crème und der höchste Stand der Technik war, gehörte für die Jugend des neuen Millenniums in ein antiquiertes und längst vergangenes Zeitalter. Die neuen Telefone waren zur Selbstverständlichkeit und „must have" geworden. Die ersten "Mobile-Phones" – auch "Handy" genannt – waren noch etwas klobig, wie ein kleiner Taschenrechner mit Antenne, jedoch wurden sie jedes Jahr moderner, schneller und leistungsfähiger. Man konnte kaum Schritt halten mit den jährlichen Neuerungen und technischen Gadgets. Manches Handy konnte man aufklappen, und andere hatten damals die ersten kleinen Fotokameras eingebaut. Inzwischen waren sie kleine Computer, die nahezu alles machten, was man sich nur denken konnte. Es gab keine Tastatur mehr, sondern nur noch eine Glasscheibe, die man mit dem Finger antippte, um Befehle auszuführen oder Bilder hin- und her zu schieben. Die Kameras in heutigen Smartphones waren besser als alte Spiegelreflex-Kameras des vergangenen Jahrhunderts. Telefonieren war fast zur Nebensache geworden. 2020 konnte man die schönsten, besten Fotos und Videos machen und sogar "lifetime" Videos sekundenschnell in die ganze Welt verschicken. Man konnte die neuesten Nachrichten aus Radio und Fernsehen zu jeder Zeit in "realtime" hören und sehen oder konnte mit jedem Mensch auf dem Globus zu jeder Zeit ein Videogespräch führen. Völlig ohne Kabel oder komplizierte Anmeldungen oder Wartezeiten. Auch die täglichen Geräte für Küche und Garten, oder auch für Autos und Traktoren, waren alle mit Elektronik und winziger digitaler Technik verbunden. Die Kürzungen bei modernen Autos hießen EAS (Elektronische Schaltung), EBS (Elektronisches Bremssystem), EDS (Elektronische Differentialsperre), EDW (Alarmanlage), ESC (Elektronisches Stabilitätsprogramm), FIS (Bordcomputer), GPS (Navigationssystem), GRA (Tempomat), usw., und waren für alle Menschen, die analog aufgewachsen waren, wie böhmische Dörfer. Aber auch die Generation des neuen Millenniums konnte mit so vielen Kürzeln nichts anfangen.

In den 60er und 70er Jahren machte jedes Auto das, was der Fahrer von ihm wollte, inzwischen machte der Fahrer das, was das Auto von ihm verlangte. In den 50er und 60er Jahren gab es nicht einmal Sicherheitsgurte oder Nackenstützen, und heute fragte dich dein Auto, ob du dich angeschnallt hast, wohin du gerne fahren möchtest und empfahl dir den besten und schnellsten Weg. Wenn du nicht angeschnallt warst gab es einen Piepton oder eine Stimme erinnerte dich daran, und ein Sensor erfasste auch deine Beifahrer, ob sie den Gurt angelegt hatten. Auf Wunsch konntest du deinen Computer nach deinem Lieblingslied fragen und er spielte dir, was immer du hören wolltest, aber in den 60er Jahren war der letzte Schrei ein Plattenspieler für Singles, welcher bei jeder Bodenwelle in eine andere Rille sprang und oft abgehackte Musik wiedergab. Damals hattest du eingeparkt, weil du es gelernt hattest und es gekonnt hast, inzwischen half eine Videokamera oder ein Piepton, der dir sagt, jetzt bist du nah an der Wand oder am nächsten Auto zu dicht dran. Für einen kleinen Aufpreis parkten die neuen Modelle sogar automatisch selbst ein. Damals hattest du einen Auto- und Zündschlüssel, der den Wagen öffnete und den Motor startete. Heute sind die Türen der neuesten Modelle mit deinem Fingerabdruck oder auch "wireless" mit einem elektronischen Schlüssel ohne Berührung zu öffnen. 2020 sprach dein Auto mit dir und warnte dich, wenn deine Tür hinten oder vorne noch offen standen, oder du wolltest von ihm, deine Frau oder Freunde anzurufen und es verband dich automatisch mit deren Smartphone. Adressen sprach man laut aus, wohin das Navigationsgerät dich bringen sollte, der Computer im Auto antwortete dir sofort, und schon erschien die Route auf dem Display. Die neuen Sensoren erkannten an deinen Augen, ob du müde warst und eine Pause machen solltest, oder warnten dich mit lautstarken Tönen vor dem Einschlafen. Früher war es dein gesunder Menschenverstand, der dich vor Gefahren gewarnt hat. Heute erfassten viele Sensoren jedes Objekt vor oder hinter deinem Auto und bremsten es zur Not für dich ab. Das hatte zur Folge, dass sich viele Menschen in einer trügerischen allgegenwärtigen Sicherheit wähnten. Das modernste auf diesem Gebiet waren die selbstfahrenden Autos. Science fiction wurde damit Realität, und fahrerlose Fahrzeuge wurden ab 2020 auf den Straßen gesehen. Die Menschen verloren langsam ihre Geschicklichkeit, selbstständiges Handeln und ihre Verantwortung, ein Auto oder Haushaltsgerät selbst zu bedienen. Das Handy war vernetzt mit dem Computer, der Videokamera, mit deinem Rasenmäher, Kühlschrank, deiner Heizung, Alarmanlage, Television und anderen Hausgeräten. Ein Staubsaugroboter fuhr automatisch durch die Wohnung und dein Haustier benutzte es als Taxi von einem Raum in den anderen. Der Rasenroboter mähte den Rasen automatisch, wann immer es nötig war, und die digitale Kamera warnte dich vor jedem, der sich deinem Haus näherte. Geben wir zuviel von unseren Fähigkeiten an digitale Geräte ab?

Auf der einen Seite eine bequeme Hilfe, auf der anderen Seite totale Entmündigung der Menschen. Laut Statistik passierten die meisten täglichen Unfälle im Straßenverkehr oder im Haushalt. Die Statistik sagte auch, über 90% aller Unfälle gingen auf menschliches Versagen zurück, ob im Straßenverkehr oder im Haushalt. Das warf Fragen auf.

Da selbstfahrende Autos aber keinen Alkohol trinken, während der Fahrt keine SMS schreiben, nicht einschlafen und generell defensiver fahren als Menschen, dürfte die Zahl der Unfälle in Zukunft stark zurückgehen. Auch das Geschäft der Versicherungen würde sich dann ändern. Die Gesellschaften würde es weniger mit Einzelpersonen als Versicherte zu tun haben, stattdessen mehr mit Firmen, die große Flotten an Privatautos und Robo-Taxis zur zeitlich begrenzten Nutzung anbieten würden. Das waren alles enorme Veränderungen, denen sich Daniel in dieser neuen Zeit stellen musste. Aber die größte Veränderung und gleichzeitig größte Bedrohung, die er in Zukunft für alle Menschen sah, war die totale digitale Vernetzung und damit die Überwachung, die sich immer mehr ausbreitet hatte. Alle Mobiltelefone konnten sich verbinden und auch geortet werden, weil sie einen digitalen „Fingerabdruck" hinterließen. Da nun die meisten Menschen digital vernetzt waren und auf verschiedenen Internetplattformen unterwegs waren, bestand die Möglichkeit der totalen Überwachung aller Bürger.

Es gab zwar Datenschutzgesetze, aber die waren von Land zu Land sehr unterschiedlich. Die chinesische Regierung hatte schon vor 2020 eine komplette Überwachung mit Gesichtserkennungs-Technologie und Drohnen eingeführt, um ihre Bürger zu kontrollieren. Menschenrechte wurden ignoriert und stattdessen wurden die Bürger aufgefordert, ihre Mitmenschen zu überwachen und sich gegenseitig zu denunzieren, wenn sie gegen den Staat protestierten oder Missstände aufdecken wollten. Eine sehr bedenkliche Diktatur der Massen, die gegen unser komplettes Menschenrechtsempfinden verstiess und nur einer politischen Führungsschicht und industriellen Elite diente. Die Europäische Union hatte schon 2016 eine Verordnung für Datenschutz erlassen, die für alle EU-Bürger gelten sollte, aber im bürokratischen Sumpf der übermäßig vielen Worte und Paragraphen unterging. Beispiel-Zitat:

„Der Schutz natürlicher Personen bei der Verarbeitung personenbezogenen Daten ist ein Grundrecht. Gemäß Artikel 8 Absatz 1 der Charta der Grundrechte der Europäischen Union (im Folgenden „Charta") sowie Artikel 16 Absatz 1 des Vertrags über die Arbeitsweise der Europäischen Union (AEUV) hat jede Person das Recht auf der sie betreffenden personenbezogenen Daten."

Dieses Zitat war der erste Absatz und einer der Kleinsten in dieser Verordnung. Danach folgten noch sage und schreibe noch 173 Absätze die alle wesentlich mehr bürokratische Schriftsätze enthalten und die sie "Richtlinien 95/46/EG" und "Erwägung nachstehender Gründe" nennen. Wer wollte denn das alles lesen? Diese Absätze hätten ein Buch füllen können, das mehr Seiten hätte, als dieser Roman sie hat.

Im Jahr 2020 wollten viele Regierungen weltweit wegen der Corona-Pandemie die digitale Vernetzung nutzen, um infizierte Menschen aufzuspüren und damit den Virus kontrollieren zu können. Eine ehrenwerte Absicht, aber auch ein schwerer Eingriff in die Persönlichkeitsrechte aller Menschen, denn Handyortung verstieß gegen die Grundrechte aller Bürger. Also hätte sie nur auf freiwilliger Basis funktioniert. Auch die Schließung der Grenzen in vielen Ländern, die Ausgangssperre und Schließung der meisten Geschäfte, Fluggesellschaften und des Schiffsverkehrs weltweit, waren ein enormer Eingriff in Persönlichkeitsrechte, aber vor allem ein Verlust von vielen Milliarden Einkommen, die viele Menschen in den Ruin trieben. Um das Corona-Virus und die Pandemie zu stoppen, war es wohl nötig, diesen Schritt zu gehen, aber die absolute Gewalt auszuüben und Bürger in Hausarrest zu setzen, war bis dahin eigentlich nur von Diktaturen bekannt gewesen. Dieses Verhalten kam nun auch in allen demokratischen Ländern zum Zug. Es war auf jeden Fall eine sehr schwere Aufgabe für die meisten Staaten, hier die richtige Balance zu finden. Die Folge war, dass die Weltwirtschaft in eine enorme Rezession geriet und zwar womöglich die tiefste, die jemals ohne Kriegseinwirkungen im Westen gemessen wurde.

Sofort wurde der Schrei nach Staatshilfen von den reichsten Betrieben laut, also Steuergelder für entgangene Gewinne bei der Autoindustrie, bei der Luftfahrt und allen großen Wirtschaftszweigen. Dass diese sich aber über Jahrzehnte unverschämt große Gehälter und Dividenden ausgezahlt hatten, zeigte die unverschämte Gier der Groß-

industrie und der Superreichen. Zwar war die Wirtschafts-
leistung in Deutschland im Gesamtjahr 2020 um rund ca.
10 Prozent eingebrochen, aber das war noch lange kein
Grund, vom Steuerzahler Milliarden zu verlangen. Die
Menschen, die in der Krise das Land am Laufen gehalten
hatten und Tag und Nacht dafür gearbeitet hatten, also
Verkäufer/innen in Supermärkten, Krankenschwestern
und Ärzte, Polizei und Rettungsdienst, die hätten damals
eine Gehaltserhöhung und Staatshilfen verdient. Aber die
reichen Unternehmer waren es, die wieder einmal die große Kohle abgesahnt hatten.

Selbstverständlich war es richtig, einen "Lockdown"
zu erlassen, denn ohne diesen wären möglicherweise viele
Millionen Menschen weltweit gestorben. Es gibt immer
zwei Seiten einer Medaille. Als die Spanische Grippe 1918
wütete und einen enormen wirtschaftlichen Schaden an-
richtete, war dieser noch erträglich, aber sie hatten eine
wesentlich größere Todeszahl weltweit, weil damals kein
Wissen und kein Lockdown vorhanden war, wie es 2020
bei der Corona-Pandemie bestand. In wenigen Monaten
hatte die spanische Grippe damals mehr Menschen dahin-
gerafft, als jede andere Krankheit der Weltgeschichte. Man
schätzte, dass mehr Menschen ihr Leben verloren hatten,
als im gesamten ersten Weltkrieg. Die Schätzungen gehen
von 50-100 Millionen aus. Die Corona-Pandemie hatte aber
einen wesentlich größeren wirtschaftlichen Schaden ange-
richtet, als es damals bei der Spanischen Grippe der Fall
war.

Die Jahre zwischen 2020 und 2030 würden der Welt
sicher noch sehr große Schwierigkeiten bereiten und wegen der Pandemie in Erinnerung bleiben. Es würden äu-
ßerst gefährliche Jahre, denn einige Großmächte wie Russland, China, Brasilien, die Türkei und sogar Mitgliedslän-

der der Europäischen Union, hatten sich in dieser Zeit autoritär entwickelt, um ihre Macht zu festigen. Die Corona-Pandemie gab diesen Ländern die willkommene Gelegenheit, sich diktatorisch zu etablieren. Für eine Zeit von wenigen Monaten wäre ein "Shutdown" gerechtfertigt gewesen, aber für eine längere Zeit war es immer eine Zensur und eine Bevormundung für die gesamte Gesellschaft. Hier den richtigen Spagat zu finden war eine sehr schwere Aufgabe.

Selbst die größte demokratische Militär- und Wirtschaftsmacht der Welt, die Vereinigten Staaten von Amerika, wählten im Dezember 2016 einen Reality Star und Ausbeuter-Milliardär zum Präsidenten. Daniel war geschockt und konnte nicht verstehen, wie es möglich war, im 21. Jahrhundert einen solchen unfähigen Proleten und Angeber zum Präsidenten zu wählen. Es stellte sich schnell heraus, dass nach Ansicht einiger Psychologen, Donald Trump eine narzisstische Persönlichkeitsstörung hatte, denn sein öffentliches Auftreten weltweit war geprägt von Zynismus, Arroganz, Drohungen, Erpressungen, Überschätzung der eigenen Fähigkeiten, fehlender Empathie und übersteigertem Verlangen nach Anerkennung. Die Washington Post veröffentlichte in der Corona-Krise 2020 in ihrer Zeitung, dass er in seiner Amtszeit bis dahin mehr als 10.000mal öffentlich die Unwahrheit gesagt hatte. Dazu kam sein flegelhaftes Benehmen, sein nationalistischer Egoismus, „Amerika first", Prahlerei und Besserwisserei wie „Nobody knows anything better than I do." Überheblichkeit und Selbstüberschätzung pflasterten seinen Weg und nationalistisches und rassistisches Denken wurde durch ihn salonfähig. Seine unqualifizierten Bemerkungen in der Corona-Krise, wie "injecting people with disinfection could treat coronavirus" wurde von allen

Wissenschaftlern und Fachleuten als gefährlicher Blödsinn bewertet und war peinlich für einen Präsidenten der Vereinigten Staaten.

2019 war noch der Fokus der Welt auf den Klimawandel und den „Fridays-for-future"-Protest gerichtet, der von vielen Schüler/innen weltweit und für Daniel zurecht auf die Straße getragen wurde. Leider wurde dieser 2020 durch Corona-Krise in den Hintergrund gedrängt. Nur die Generation der 1968er Jahre, die damals die gewaltigen Umbrüche auf unserem Globus angestoßen hatte, war vergleichbar mit der „Fridays-for-future"- oder "Greenpeace"-Generation und ihren berechtigten Protesten. Die mahnenden Stimmen der Kriegs-Jahrgänge des zweiten Weltkrieges wurden immer weniger und die junge Wohlstands- und „Ich-will-Spaß"-Generation wollte nur noch feiern und Spass haben auf Kosten von Millionen Menschen aus ärmeren Ländern. Alles haben wollen, ohne dafür zu arbeiten, war ihre Devise. Freizeit bis zum Abwinken, für 10 Euro nach Mallorca fliegen und dort aus Eimern saufen, das konnte auf die Dauer nicht gut gehen. Die Gier der meisten Menschen, aber vor allem der großen Industriekonzerne auf immer mehr Wachstum, immer mehr Profit, immer größer, schneller, weiter, ohne Rücksicht auf Verluste, brachte unseren Planeten an die Grenze der Belastbarkeit. Luftverschmutzung bedroht bis heute alles Leben auf unserer Erde, doch das Abholzen der Urwälder ging weiter. Schlimmer noch war die Vermüllung unseres Planeten, die immer noch anhielt. Milliardenfacher Plastikmüll verbreitete sich auf unserer Erde durch unseren Konsum in alle Weltmeere. Mikroplastik wurde in Fischen aller Meere bis hin ins ewige Eis der Arktis und Antarktis gefunden. Ein riesiges Problem für die Natur, in der wir alle leben und das uns alle auf Dauer bedrohen würde.

Jeder, der einen Funken gesunden Menschenverstand besaß, konnte sich ausrechnen, dass wir einfach nicht mehr so weitermachen konnten. Aber alle glaubten, es ginge sie nichts mehr an. Was wäre denn so schlimm, wenn wir mal nicht mehr jedes Jahr so viel Wachstum gehabt hätten? Wenn wir nicht jedes Jahr in fernen Ländern Urlaub machen würden? Wenn wir mal auf ein neues Auto ein paar Jahre verzichtet hätten? Wenn wir mal ein paar Klamotten etwas länger getragen hätten?

Wenn wir mit dieser Geschwindigkeit so weitermachten, dann würden wir unsere restlichen Rohstoffe und Ressourcen in wenigen Jahrzehnten verbrauchen. Das konnte man schon an einigen Ländern der Erde deutlich sehen, die ihre Regenwälder für Palmölplantagen und Viehzucht gerodet hatten. An vorderster Stelle stand Brasilien mit seinem Präsident Jair Bolsonaro, der bis 2019 weit über 9000 Quadratkilometer abholzen ließ. Nachdem unsere Überflussgesellschaft den Planet nun lange genug geschädigt hatte, war es durch die Corona-Krise zu einem abrupten Halt gekommen. Viele Menschen mußten mit großen Einbußen leben. Aber die Natur hatte ein paar Monate Zeit zum Aufatmen, sie konnte ein klein wenig vom weltweiten Stillstand profitieren. Wie ein Wunder hatten die Großstädte plötzlich reine Luft, weil der größte Teil der Autos stillstand, weil Tausende Flugzeuge auf Landebahnen parken mussten. Grenzen wurden geschlossen und jeglicher Reiseverkehr kam zum Stillstand. Die Häfen hatten wieder klares Wasser und Besuch von Fischschwärmen und Meeressäugern wie Delfinen und Walen, weil Tanker und Kreuzfahrtschiffe nicht mehr fahren durften. Für Daniel war es ein klarer Hinweis; wir Menschen wurden durch diese Krise gewaltig daran erinnert und ermahnt, dass der verheerende Klimawandel absolut unsere Schuld war und unser so liebgewonnener Lebensstil nicht so weitergehen konnte.

Die schlimme Corona-Krise hatte auch deutlich gemacht und in den Fokus der Öffentlichkeit gebracht, wie leicht sich Regierungen von anderen Regierungen, der WHO, deren Professoren und Virologen, beeinflussen ließen. Fachleute und Professoren, die anderer Meinung waren, wurden als Verschwörungstheoretiker verunglimpft. Wo blieb in dieser kritischen Situation der demokratische Diskurs? Denn es hiess im Grundgesetz Artikel 1 sehr deutlich:

"Die Würde des Menschen ist unantastbar. Sie zu achten und zu schützen ist Verpflichtung aller staatlicher Gewalt. Das Deutsche Volk bekennt sich darum zu unverletzlichen und unveräußerlichen Menschenrechten als Grundlage jeder menschlichen Gemeinschaft, des Friedens und der Gerechtigkeit in der Welt."

Dem Anschein nach galt dieses Grundgesetz in einer Krise nicht für Politiker oder Großkonzerne. Auch unsere Nationalhymne hatte erwähnenswerte Worte: "Einigkeit und Recht und Freiheit für das Deutsche Vaterland! Danach lasst uns alle streben brüderlich mit Herz und Hand", aber leider gab es weder in der Corona-Krise, noch in der Ressourcen-Nutzung, also Nachhaltigkeit, eine "Einigkeit" zwischen den Parteien. Die Koalition aus CDU/CSU und SPD hatte nicht den Mut, gegen Großkonzerne und ihre Lobbyisten und für den Verbraucher etwas zu tun. Die meisten Menschen hatten mehr Disziplin und hatten die Krise gut überstanden, aber Politiker hatten wenig daraus gelernt. Immer noch wurde der Großindustrie nachgegeben, sei es beim Glyphosat, welches unsere Pflanzen und Umwelt vergiftete, sei es in der Zucker- oder Mehl-Industrie, die uns damit krank machte, sei es weil man keine

Ampel für gesunde Lebensmittel einführen wollte, oder sei es die Rüstungsindustrie, die gefährliche Staaten und brutale Diktatoren mit den gefährlichsten Waffen belieferte. Das alles erinnerte doch ein wenig an eine böse Vergangenheit, die noch nicht so lange zurück lag. Die Zukunft würde zeigen ob wir nun aus Fehlern gelernt haben, oder nicht.

Über all das hatte Daniel lange nachgedacht, und er verglich nun "Die mysteriöse Omega-Zeit" der 1970er Jahre mit der Zeit der 2020er Jahre, in der er sich gerade befand.

Wie schon am Anfang des Buches erwähnt, liest du, Leser, es in deiner eigenen Kultur-Blase, deiner eigenen Zeit. Somit kannst du „Die mysteriösen Omega-Zeit" von Daniel aus den 1970er Jahren mit der Zeit 50 Jahre später, den 2020er Jahren, oder mit deiner eigenen Zeit in der du jetzt gerade befindest, vergleichen.